山本一力

固結び《かたむすび》

損料屋喜八郎始末控え

文藝春秋

目次

固結び

損料屋喜八郎始末控え

装画　卯月みゆき
装丁　野中深雪

起請文

一

江戸の夏は五月二十八日の夜空を彩る、大川開きの花火で始まる。

二百発を数える大輪の花火は、両国橋たもとに仮設される台から打ち上げられる。台の作事は五月二十日過ぎの、丙の日《ひのえ》と決まっていた。

花火は火を扱う。十干のひのえは火の兄で、花火師たちはこの日を大事にした。

寛政六（一七九四）年の五月二十日過ぎのひのえの日は、二十日の丙午《ひのえうま》となっていた。

五月十日に暦を見た勝次《かつじ》と平吉《へいきち》は、互いにうなずき合った。

「二十日の商いは正午までだぜ」

「がってん承知の助だ、勝次」

メシよりも酒よりも花火が好きなことでも、ふたりは同じだった。

五月二十日は昼までの商いである。盤台と天秤棒を片付けたあとは、両国橋西詰に向かい、花火打ち上げ台の作事始まりを夕刻まで見物するのだ。

陽が落ちたあとは橋の東詰にあるももんじやで、シシ鍋と灘酒《なだざけ》を賞味するのが毎年の決まりだった。

喜八郎《きはちろう》配下の勝次は鮮魚、平吉は豆腐の担ぎ売りである。同い年のふたりは、住まいも同じ山本町の裏店、謙蔵店に隣同士で暮らしていた。

豆腐を欲しがる客は朝が早い。亭主の朝飯に供したいからだ。平吉は毎朝七ツ半（午前五時）前には、隣町の豆腐屋まで仕入れに出向いた。

山本町にも豆腐屋はあった。が、この店は仲町《なかちょう》の料亭などが得意先で、明け六ツ（午前六時）が仕事始めだ。明け六ツ前には長屋に出向く平吉の商いには間に合わなかった。

朝が早いのは勝次も同じだ。日本橋の魚河岸には、毎日未明の七ツ（午前四時）には羽田の漁師が鮮魚を水揚げした。

御府内の鑑札持ちの魚屋、棒手振《ぼてふり》は町木戸が開く前の七ツ半には魚河岸に出張り、未明に水揚げされたばかりの魚介を仕入れた。

まだ星空の下、毎朝勝次は平吉と一緒に謙蔵店を出た。平吉は隣町に向かい、勝次は佐賀町桟橋に向かうのだ。

佐賀町から日本橋には七ツ半発の魚河岸行き乗合船が運航されていた。星明かりだけの大川から日本橋川に向かう十人乗りの舟は、毎朝の客が同じ顔ぶれだった。

平吉と勝次を配下に取り入れたのは、喜八郎の片腕、嘉介《かすけ》である。

「まだ暗い夜明け前の町を自在に行き来できる棒手振は、探りの耳目には最適です」

嘉介の進言を了としたことで、平吉と勝次は喜八郎の配下となった。

担ぎ売り稼業は長屋も商家も、ときには武家屋敷にも出入りができた。しかも平吉と勝次は、実の兄弟以上の仲の良さである。

指図をくれる嘉介も、ふたりの仲の良さにはいささかの疑問も抱いてはいなかった。

＊

五月二十日のまだ残っている星空には、この日の上天気を請け合う強さがあった。

「そいじゃあ平吉、正午に両国橋西詰で落ち合おうぜ」

「いつも通り、打ち上げ台のあたりでな」

言い交わしたふたりは、豆腐屋と佐賀町河岸へと、別々に向かった。

ところがこの朝、豆腐屋は亭主も女房もうっかり寝過ごした。前夜の来客が長っ尻で、ふたりが床に就いたのは四ツ（午後十時）を大きく過ぎてしまった。

平吉が豆腐屋の店先に立った七ツ半には、まだ雨戸は閉じられたままだった。

いつもと様子が違うことに、いやな思いを抱いた平吉は雨戸を叩いた。寝静まった町を気遣い、抑えめに二度、トントンと叩いた。

軽い調子だったが、亭主は飛び起きた。土間は真っ暗でも、使い慣れた仕事場だ。桶にぶつかりもせず、雨戸に急いだ。

「平吉さんかい？」

「そうだ、おれだ」

平吉が答えている間に、亭主は内から雨戸を開いた。急ぎ身繕いを調《ととの》えた女房も、土間に出てきた。

「すまねえ、この通りだ」

顔の前で両手を合わせた亭主は、急ぎ仕上げるからと詫びた。

「そうは言っても、いまからじゃあ半刻（一時間）はかかるだろうに」

平吉の言い分にうなずいたあと、亭主は目一杯に急ぐからと言い添えた。女房はすでにかまどの火熾《おこ》しを始めていた。

「今日は丙午だからよう。おれにも勝次にも、でえじな日なんでえ」

平吉は天秤棒から盤台を外し、土間の内に重ね置いた。

「ここでぼんやり待ってる間に、八幡様にお参りしてくらあ」

「すまねえ、平吉さん」

言葉を重ねて詫びる亭主にうなずき、平吉は富岡八幡宮《とみおかはちまんぐう》へと向かった。まだ夜明け前だが、八幡宮の社殿につながる参道には常夜灯が灯《とも》されている。

参道の真ん中は神様の通り道だ。平吉は左端を歩き、社殿へと向かった。

社殿のある境内につながる石段両側には、あ・うんの狛犬が鎮座している。いつも通り、左の狛犬にこうべを垂れてから社殿に向かった。

本殿の扉は閉じられていたが、賽銭箱は戸の外に出されている。どんぶり（腹掛けのポケット）から四文銭を摘まみ出し、賽銭箱に投じた。そして二礼・二拍手のあと昨日の息災に感謝を述べ、一礼して参拝を終えた。

一礼を終えた平吉が上体を上げたとき、下駄を鳴らして本殿前に上がってきた女が、平吉の脇に立った。

賽銭を投じたあと、形のいい動きで二礼し、二拍手をした。そして短い祈りを口にするなり、一礼して参拝を終えた。

参拝姿に見入っていた平吉は、女と並んで本殿の石段を下りた。

参道から十段の石段を上った境内の正面は東空だ。まだ明けてはいないが、夜明けまで四半刻(三十分)ほどだ。空の根元は、群青色が薄くなり始めていた。

「すまねえが、ねえさん」

暗いなかで声をかけられても驚きもせずに、女は平吉に顔を向けた。

「お参りの形に、つい見とれちまいやした」

平吉は正味の物言いで女の参拝姿を褒めて、あとを続けた。

「まだ夜明け前だてえのに、ことによるとねえさんは、毎朝、お参りをされやすんで?」

「はい」

澄んだ声で応じた女は、暗がりのなかでも微笑《ほほえ》んでいるのが分かった。女の年格好に目が利く平吉は、二十四、五だと見当をつけた。

「あっしは豆腐の担ぎ売りで、毎朝ここにお参りしてから商いに出向くんでやすが」

我知らず、平吉はおのれの稼業を明かしていた。

「ねえさんももしかしたら、なにか商いがらみのお参りなんで?」

「そんなんじゃあ、ありません」

女は顔に笑みを残したまま続けた。

「あたしは大和町のそめやの女郎です」

女は胸を張って素性を明かした。

「昨日も一日、息災にお客をとることができたことへの、八幡様へのお礼参りです」

女はあっさり女郎の身だと明かした。

口調には、生業《なりわい》を恥じていない潔さまで感じられた。

店を持たない棒手振に矜持を抱く平吉は、女のこの物言いが強く胸に響いた。

「あっしも毎朝のお参りは、昨日が息災だったことへのお礼参りなんでさ」

平吉は女の前に回り、顔を見詰めた。

「そめやはよく知ってやすが、まだ一度も上がったことはねえんでさ」

平吉は女との間合いを詰めた。

「花魁《おいらん》の名を教えてくだせえ」

平吉のよびかけがねえさんから花魁に変わっていた。

「南（品川）ではおかるを名乗っていましたが、辰巳《たつみ》（大和町）ではおきょうです」

遊里にいることも女郎である身も、おきょうは初対面の平吉に、まるで隠そうとはしなかった。

それどころか、遊女という生業を大事にしているような物言いである。

「そめやてえのは初会でも、四ツ過ぎから上がらせてもらえやすんで」

問いかける平吉は真顔だった。

遊里にはさまざまな仕来りがあった。

江戸城から見て北は吉原、南は品川、辰巳が深川である。これらは方角が呼び名だったが、千住は大きな火葬場があることで「コツ」と呼ばれた。

遊女と一夜をともにできるか否かは、花魁次第である。いきなり床入《とこい》りなどは無粋の極みで、互いに相手と気心を通じ合わせるための酒席を構えるのを常とした。

そのため、客は宵の内から見世に上がり、酒肴をおごって遊女の気を惹こうと努めた。

平吉が口にした「四ツ過ぎでも上がらせてもらえるか」の問いは、手前の酒席なしでもいいのかと質《ただ》したのだ。

おきょうは平吉の目を見詰め返したあと、さらに濃い笑みを浮かべた。

「あなたのお名前は？」

おきょうは里の言葉ではなく、普通の物言いで問いかけた。

「平吉でやす」

それを聞いたおきょうも真顔になった。

「牛太郎《ぎゅうたろう》の才蔵《さいぞう》さんに、そう言ってください」

牛太郎とは遊女屋の若い者のことだ。おきょうは四ツ過ぎでも上がれるように、才蔵に言いつけておきますと請け合った。

「ありがてえ」

おきょうを見る目元を、初めてゆるめた。

「四ツの手前は両国橋におりやすが、四ツにはかならずうかがいやす」

「両国橋とは……」

おきょうは物問いたげな顔になり、さらに一歩を詰めた。

「今日は二十日の丙午ですが、平吉さんはもしかして、花火の打ち上げ台にかかわりがあるのですか？」

おきょうに問われて、今度は平吉が驚き顔に変わった。

「あっしも相棒の勝次も、花火がメシより好きでやしてね」

打ち上げ台の作事始めを見物すると答えたあと、逆に問い返した。

「おきょうさんこそ、花火にかかわりがありやすんで？」

「そんなわけではありませんが……」

ひと息を置いてから答えたあと、表情を元に戻した。

「それではどうぞ、今宵をよしなに」

「あっしのほうこそ」

夜明けが近い境内で、ふたりは互いに辞儀を交わした。

大和町に帰るおきょうと、豆腐屋に戻る平吉とは、方角が正反対だ。平吉はおきょうに背を見せて、威勢よく豆腐屋へと向かい始めた。

羽織っている夏物半纏《はんてん》は濃紺で、背には「豆腐屋」と白く染め抜きがされていた。

「とっても素敵な半纏だこと」

おきょうのつぶやきが平吉にも聞こえた。くるりと振り返ると、おきょうのそばに戻った。

「この半纏が、どうかしやしたんで？」

問われたおきょうは、また笑みを浮かべて答えた。

「豆腐屋と、屋号なしの染め抜きからは、平吉さんの商うお豆腐が、さぞかしおいしいだろうって伝わってきます」

半纏がよく似合っていますと結び、おきょうはもう一度辞儀をして平吉から離れた。

遠ざかるおきょうの背を、平吉は背筋を張って見続けていた。

二

平吉と勝次は、例年通りの出会い方ができた。回向院《えこういん》が九ッ（正午）の鐘を撞《つ》き終わる前に、両国橋西詰の広場で落ち合えたのだ。

今年の夏至を四日後に控えたこの日は、真夏も同然の朝日が昇った。天道が空の真ん中に移った正午は、股引《ももひき》腹掛けだけの勝次の腕を焦がさぬばかりに強くなっていた。

勝次が半纏を羽織っていないのは、毎年の決まりである。ところが勝次に遅れて芝居小屋の前に着いた平吉は、豆腐担ぎ売りの半纏を羽織っていた。

「なんでえ平吉、そのなりは」

例年にも増して暑いのにと、平吉の身なりをいぶかしんだ。

「朝からちょいと、わけありでね」

平吉は半纏の袖を引っ張った。

「なにがあったか知らねえが、この暑さのなかでご苦労なこったぜ」

勝次はそれ以上は言わず、蒲焼きの屋台へと向かった。

両国橋西詰の広場には芝居小屋、軽業《かるわざ》小屋、射的場などが並んでいる。いずれも葦簀《よしず》張りの小屋だが、江戸っ子には人気があった。

方々から押しかけてくる物見客を相手に、うどん・てんぷら・寿司、うなぎの立ち食い屋台も、多数張り出していた。

平吉も勝次も、お気に入りはうなぎ屋だ。神田川の江戸川橋周辺で仕掛けに入ったうなぎは、ことさらの美味だ。

とりわけ夏場に向かっての江戸川橋のうなぎは、脂の乗り工合が図抜けてよかった。

ふたり並んでうなぎ屋に向かったら、焼いていた親爺が平吉を見て驚いた。

「こんな夏日に半纏を羽織ったりして、平吉、なにかわけでもあるのかい？」

親爺の問いには答えず、ふたりはむしろ張りのうなぎ屋に入った。蒲焼きの香りが小屋内に流れ込むように、親爺はむしろの張り方を工夫している。

香ばしさをたっぷり含んだ蒲焼きの煙は、美味《うま》さを倍加していた。いつもの平吉なら、股引にたっぷり煙を吸わせた。夕飯のシシ鍋を突っつくまでは、股引が吸い込んだ蒲焼きの煙を楽しんでいたのだ。

ところがこの日は腰掛けに座るなり、半纏を脱いで四つに畳んだ。これもまた、例年にはないことである。

勝次はしかし、なにも言わなかった。いずれ平吉から話があると思っていたからだ。

が、うなぎを食べ終わったあとも、打ち上げ台の作業を石垣に座して眺めているときも、平吉はなにも言わなかった。

相棒が話し始めるまでは訊かないと決めていた勝次である。ひとことも半纏には触れず、平吉と並んで石垣に座っていた。

いつもの年なら、作事を続ける職人の動きを眺め、あれこれ言い交わしながらも、平吉も勝次も目は大川に釘付けとなっていた。

勝次は今年も同じで、骨組み作りに見入っていた。平吉も顔は大川に向いていた。

しかし考え事をしているのか、目は職人の動きを追ってはいなかった。

相棒の様子に気づいてはいても、勝次は余計な問いかけはしなかった。

平吉が口を開いたのは、陽が西空の彼方に傾き始めたころだった。夏至が間近である。沈みつつも、あかね色を放つ夕陽は、まだまだ達者だった。

紺色半纏の背に陽を浴びながら、平吉は閉じていた口を開いた。

「いつもの年よりもはええが、ももんじやに移らねえか？」

言われた勝次は、見開いた目で平吉を見詰め返した。

作事初日の今日は、これから職人たちが群れとなり、荒縄で丸太を縛り始めるのだ。

初日一番の見せ所を見もせず、平吉はももんじやに向かおうと言い出した。

「おめえ、工合でもわるいのか」

さすがに勝次も放ってはおけず、案じ顔で問いかけた。

「工合がどうこうてえわけじゃねえが」

平吉はうなぎ屋のとき同様に半纏の袖を引っ張り、背筋を張った。

「今晩はなにがあっても、四ツ前にはけえらなきゃあならねえんだ」

四ツ帰りをしくじらねえように、ももんじやに早く行きてえんだと、わけを明かした。

勝次はこれにも異を唱えず、四ツ帰りのわけも質さなかった。

「そういうことなら……」

勝次が先に石垣から腰を上げ、両国橋へと向かい始めた。夕暮れが近くなった大川端には、強めの川風が生じていた。

薄手の夏半纏の前がはだけぬよう、両手で前を押さえながら、平吉は勝次を追っていた。

＊

夕暮れにはまだ間がある七ツ半。昼間の暑気が居座ったままのももんじやの座敷は、驚いたことにすでに満席だった。

強く火熾しされた七輪を囲み、分厚い鉄鍋でシシ肉・野菜・豆腐を、特製のわりしたで煮付けるのが、ももんじや自慢のシシ鍋だ。

シシ肉をしっかり煮付けるためには、強い火力が欠かせない。鉄鍋を炙《あぶ》る七輪の炭火は、一気に強い火が熾きる楢炭だ。真冬でも小鉢に取り分けて食しているうちに、鍋と炭火の熱とが重なり合い、ひたいに汗を浮かべるという逸品だ。

夏至が近い夕暮れ前の今日は、座敷を埋めた客のほとんどが薄着で小鉢に取り分けていた。

平吉もいまは半纏を脱ぎ、上体は勝次と同じで袖なしの腹掛け姿である。

鍋の調理は仲居に任せて、ふたりは冷や酒を酌み交わした。平吉は脱いだ半纏を昼と同じに四つに畳み、さらに座布団を上に重ねていた。

座敷に満ちたにおいを移さぬ用心かと、勝次は察した。が、仲居の耳があり、それを質すことはしなかった。

「今日を境に、いよいよ夏がくるぜ」

手酌で盃を満たして、勝次がこう言った。ふたりとも二杯目からは手酌を流儀としていた。

「この日のももんじやの賑わいも、夏への戸を開いたようなもんだ」

平吉が応じたとき、出来上がったシシ肉の小鉢を仲居がふたりに差し出した。肉と野菜、豆腐が形よく盛られていた。

「ありがとよ、ねえさん」

勝次は用意していたポチ袋を慣れた手つきで、仲居に差し出した。

「あとはおれたちが勝手にやるから」

「ありがとう存じます」

ふたりに辞儀をして、仲居は七輪の前から離れた。他人の耳が失せたので、勝次が口を開いた。

「おめえは今日一日、その半纏をでえじにしているようだが……」

勝次がここまで言ったとき、すぐ近くの客の群れが大声を発した。

「そいつあ、いいやね」

七輪二台を七人の客が取り囲んでいる。全員が袖なしの股引姿である。ひときわでかい声を発した男が、その場に立ち上がった。

話の途中だった勝次は口を閉じた。職人衆の大声が鎮まるのを待とうとしたのだ。

平吉も同じ思いらしい。勝次を見て、小さくうなずいた。

「今日は手間賃もへえったことだからよう」

こう告げて、その男は座った。が、大声はそのままで、あとを続けた。

「なか（吉原）はとにかく、あれこれと仕来りが面倒だからよう」

男は言葉を区切り、仲間を見回した。手にしている小鉢を箱膳に戻して、銘々が大声の男に目を向けた。

「今日は河岸を変えて、南へと足を延ばそうじゃねえか」

男が言うと、七輪を囲んだ六人が大きな音を立てて手を叩いた。

「いい思案だ、あにい」

「あすこなら海もちけえから、魚もうめえって評判だ」

太めの男が言うと、別の七輪を囲んでいる小柄な男があとを引き取った。

「シシ鍋もいいがよう。いまから高輪の大木戸まで走りゃあ、いい案配に腹もすくぜ」

小柄男の言い分を受けて、大声の男が続けた。

「ここは両国橋だ。四十七士はこの橋が渡れずに、永代橋まで遠回りをしたてえんだが」

男は大声のまま、また立ち上がった。平吉・勝次のみならず、座敷を埋めた客の大半が立っている男に目を向けていた。

「おれっちらは町飛脚の名に懸けても、いまから半刻を過ぎねえうちに、高輪の大木戸をくぐろうじゃねえか」

「がってんだ」

男が言い終わるなり、残りの六人が一斉に立ち上がった。銘々の箱膳には、まだ食べかけの小鉢も、酒の残った徳利も並んでいた。

それらには目もくれず、七人は帳場へと向かい始めた。

「お待ちになって」

掛《かかり》の仲居が飛んできたが、兄貴分の大声男が前に立ち塞がった。

「あとは好きに片付けてくんねえ」

男はどんぶりからポチ袋を取り出し、仲居に差し出した。

「いまから急ぎ、南まで駆けることになったもんだからよう」

「シシ肉、うまかったぜ」

小柄男があとを引き継いだ。心付けを受け取った仲居は、座敷から出ていく七人の後ろ姿に、辞儀をして見送った。

座敷に静けさが戻ると、勝次が途中で閉じていた口を、また開いた。

「おめえの半纏に、なにかあったのか」

昼のうなぎ屋から訊きたかったことを、勝次はようやく質すことができた。

「今朝は豆腐屋が、寝過ごしてたんだ」

豆腐の支度ができるまで、富岡八幡宮に先に参詣したと明かした。

「お参りを済ませたとき、おれの脇におきょうさんが立ってよう」

「だれでえ、おきょうさんてえのは」

勝次の問いを、平吉は右手を突き出して押さえた。

「いまから、それを話すところだ」

境内で交わした子細を、平吉は朝を思い浮かべながら省かずに聞かせた。

「そういうわけだからよう。今夜はかならず四ツまでには大和町に行くぜ」

おきょうに褒められた半纏だからこそ、平吉はこの温気をもいとわず、大事に羽織って出向いてきていた。

南から移ってきた花魁と聞くなり、勝次は顔つきが硬くなった。話をすべて聞き終えたあとも、変わらず浮かない表情である。

「どうしたよ、勝次」

話し終えたいまでは、平吉が勝次の様子を気遣っていた。

「おれの話のなかに、なにか妙なもんでもあったのかよ」

「そんなことはねえ」

打ち消した勝次だが、表情は晴れずである。

「おめえ、おれが女郎に気を惹かれているのが気に入らねえのか？」

平吉の物言いがこわばっていた。

「ばかいうんじゃねえ」

声を尖らせた勝次は、真顔になっていた。

「女郎に惚れたのは、おめえよりおれのほうが先だ」

女の話などしたこともなかった勝次が、いきなりぶっきらぼうな口調で言い分を吐き出した。

「そんな話は、おめえから聞いたことがねえ」

まるで合点のいかない平吉は、相手が勝次でも構わず目を尖らせて、いきり立った。

勝次は平吉を見ようとはせず、手酌の冷や酒を一気に干した。

回向院が撞き始めた暮れ六ツの鐘が、座敷に流れ込んできた。

三

牛天神の一件では、嘉介の見事な差配で、すべてが上首尾に片付いた。

「嘉介さんの働きあればこその損料屋だ」

嘉介への信頼をさらに厚くした喜八郎は、毎朝五ツ半（午前九時）から四半刻、前日の配下の動きの聞き取りを始めた。

嘉介はみずからの手でまとめた日報を、喜八郎に提出していた。

五月二十三日の日報には、勝次と平吉の不仲が特筆されていた。読み終えた喜八郎は嘉介に目を向けた。

質される前に、嘉介は口を開いた。

「辰平《たつぺい》と彦六《ひころく》から聞かされましたが、不仲のわけはふたりとも承知しておりません」

青物売りの辰平も、水売りの彦六も、平吉・勝次とは仲がいい。ふたりの不仲は、ともに勝次から聞き取っていた。

「勝次はあけすけに、不仲を言い立ててはおりません」

いつもとは違う物言いから、辰平も彦六も察したようだと喜八郎に明かした。

「あれほどの男たちだ。滅多なことで、不仲になろうはずもない」

ふたりが互いに相手を信頼しあっていることを、喜八郎も深く思い留めていた。

「勝次が正味を明かせるのは……」

「与一朗《よいちろう》です」

質される前に、嘉介は言い切った。了とした喜八郎は、今日のうちに与一朗を動かすようにと指示した。

勝次と平吉の重きを承知していればこその、即断だった。

幸い、いまは仕掛かり途中の案件はない。

「お指図の通りに」

日報を受け取った嘉介は立ち上がり、与一朗に指図するため、執務部屋を辞した。

＊

「おかしらと嘉介さんに、そんな心配をかけちまってたとは……」

面目ねえと、勝次は言葉に詰まった。しばし黙したまま、息遣いを調えてから与一朗の目を見た。

「おめえさんも知っての通り、平吉はおれのでえじな相棒だが」

二十日の夜からいままで、野郎とはひとことも言葉を交わしてねえ……と、腹の底から声を絞り出した。

せっつかれるのをなにより嫌う勝次である。その気性を承知している与一朗は、見詰め返す目に気持ちを託した。

深い息を二度吐き出してから、勝次は平吉との間になにがあったのかを話し始めた。

「あいつは大和町の中見世に、いきなり好いた相手ができたてえんだ」

勝次より四歳年下の二十六だが、与一朗も色里への出入りは達者だ。大和町の中見世と聞いただけで、平吉の相手には見当がついた。

「おれがつい渋い顔をしたら野郎は勘違いをして、おれが女郎を見下してると思い込みやがったんだ」

あとはなにを言っても、ぎくしゃくが深まるばかりとなった。

「挙げ句の果てにシシ鍋の途中で立ち上がり、おめえを見損なったと言い残して、ももんじやから先に出ていきやがった」

野郎はふたり分の勘定を済ませていたと、勝次は口惜しげな口調で顚末を明かした。

与一朗と並んで座っているのは、鶴歩橋《かくほばし》たもとの屋台だ。大和町に近いが、謙蔵店とは逆方向だ。平吉がふらりと顔を出す気遣いはなかった。

「おれが顔をしかめたのは、おきょうてえひとが南の女だったからだ」

勝次はぐい呑みの酒を干してから、与一朗の顔に目を戻した。

「ちょいと長い話に、付き合ってくんねえ」

「がってんでさ、あにさん」

調子を合わせた与一朗は、勝次が親爺に勘定を払うに任せた。年下は素直にごちになることを、勝次たちとの付き合いで学んでいた。

冬木町の先、仙台堀に架かる亀久橋たもとには腰掛けになる岩がある。ふたりは並んで岩に腰を下ろした。

屋台の親爺が調えた冷や酒の詰まった五合徳利と、ぐい呑みふたつが収まった竹カゴは、与一朗が提げていた。

互いに手酌でぐい呑みを満たしてから、勝次は品川の話を始めた。

＊

勝次が謙蔵店に宿を定め、鮮魚の棒手振を始めたのは六年前だ。その手前の二年間は品川で、棒手振相手の鮮魚屋に奉公していた。

客のひとり、品川の遊郭を得意先とする棒手振の富助《とみすけ》に、勝次は遊びに誘われた。

「おれは中見世の小田原屋には顔が利《き》く」

富助は任せとけとばかりに胸を張った。

「初会のおめえさんにも、あすこの板がしらを呼んでやるからよう」

自信たっぷりの富助の言い分を、まだ二十二だった勝次は真に受けた。

大見世ではない小田原屋なら、面倒な仕来りも省けると、富助は請け合った。

中見世は大見世とは異なり、格子越しに花魁を外の客に見せた。座敷の上手から順に並んで客待ちする花魁の頭上には、名札（板）が掲げられている。

一番上手に座した売れっ妓《こ》が、板がしらだ。当時の小田原屋は、おのぶが板がしらだった。

話半分のつもりで富助と二階に上がると、本当に勝次の敵娼《あいかた》にはおのぶがついた。

「日焼けした顔が、とっても様子がいいわよ」

初会からおのぶは、床に入ってきた。そして朝まで、勝次をもてあそんだ。

すっかりのぼせ上がった勝次は、月に三度の給金が入るたびに、小田原屋に通った。

未明から働く鮮魚屋の給金は高い。まだ二十二だった勝次でも、旬日ごとに一両を貰っていた。

「品川の鮮魚屋に二年奉公すれば、三年目には町中に出て魚屋が開業できる」

このうわさに惹かれて、多数の若者が品川に集まった。しかし仕事のきつさに音を上げて、三日ともたずにケツを割った。

魚屋開業の夢を持つ勝次は、辛抱を重ねて奉公を続けた。

おのぶに入れあげ始めるまでの九カ月、勝次は給金の大半を蓄えに回していた。

富助の誘いに乗ったことで、蓄えは大きく目減りした。

「南の遊びが過ぎやしねえか」

店の兄貴分・元太《げんた》に戒《いまし》められても、勝次は聞き流した。

「おれっちは遊びじゃねえんでさ」

二年が過ぎたら、おのぶは店に負った借金もきれいに消えて年《ねん》が明けると、元太に胸を張った。

「年が明けたら、おのぶはおれっちと所帯を構えるてえんでさ」

「ばかいうんじゃねえ」

元太は、勝次に一喝をくれた。

「年が明けたらは女郎が口にするたわごとで、真に受けるやつが嗤《わら》われるぜ」

きつく言われた勝次は帯を緩めた。そして帯に巻き込んでいた手拭いを取り出した。

手拭いには、きちんと畳んだ半紙が一枚包まれていた。開いた半紙を、勝次は元太に見せた。

「ひとつ起請文のことなり……」

決まり文句で始まった起請文には、年が明ければ勝次と所帯を構えると書かれていた。

「おれはおのぶから、こんな堅いものまで貰ってやすんでさ」

起請文を見せられた元太は、それ以上の忠告を止《よ》しにした。

女郎にのぼせ上がっている男を冷ます薬がないのは、元太当人の苦い昔で骨身に染みていた。

大事な弟分の勝次だが、いまは何を言っても通じないのも分かっていた。いまできるのは、相手を見詰めることしかなかった。

「痛い目に遭うのはおれじゃねえ、おめえだ」

女郎の起請文の危うさを、元太は散々に見ていた。

時折、勝次もおのぶの言い分には不安を感じることもあった。毎回のように、カネをせびられていたからだ。

一年通ったら、蓄え壺の底が露出していた。ところが勝次の足が遠のくと富助が、おのぶからの手紙を届けてきた。

「よそで遊んでいるかと思うだけで、切なくて眠れなくなります。泊まらなくてもいいから、顔だけでも見せて」

付け文を真に受けた勝次は、受け取ったその日に出向いた。ところが小田原屋に向かう途中の海岸を、おのぶが富助と肩を並べて歩いている姿を目撃した。

勝次は夜目遠目が利く。おのぶと富助は明かりのない海岸道だからと、安心して歩いていたようだ。

ふたりは小田原屋の裏口で立ち止まった。そして富助が見張り番の牛太郎に、素早く小遣いを握らせた。

すべてを見届けた勝次は、急ぎ物陰に隠れた。富助が通り過ぎたあとも、その場から動かなかった。

おのぶと富助は、最初からできていた……

これを思い知った勝次は、その月の末日に品川を出た。

富助とおのぶには、ひとことも言わずだった。

遊女の手管で攻められたら、素人《しろうと》などいちころだと忠告してくれた、あにさん。

元太の忠告を嚙み締めながら、南を捨てた。

起請文は棄てずに残した。

この先で、二度と騙されぬためのお守りだと決めてのことだった。

＊

「そんなわけだからよう。平吉が南の女にころりと参っているのは、二十二だったおれとそっくりでよう。見るのがつれえんだ」

満天を星が埋めている下で、勝次は静かな物言いで話を閉じた。

「今夜のうちに、嘉介さんに話します」

きっぱりとした物言いで、与一朗は答えた。

「平吉さんのために、嘉介さんとおかしらなら、きっと知恵を出してくれます」

与一朗が先に岩から立ち上がった。夏の仙台堀で、ボラが跳ねる水音が立った。

四

四ツが近く町木戸も閉じられる刻限だったが、喜八郎は嘉介と与一朗を自室に招じ入れた。そして子細を聞き取った。

四半刻をかけて与一朗の報告を聞き終えた喜八郎は、嘉介に目を向けた。

「申しわけないが、わたしは遊里のことにはまるでうとい」

南とはどんなところかと、嘉介に質した。

一瞬、嘉介は戸惑い顔になった。が、喜八郎は真顔で、南の子細を知りたがっている。

「格式にはうるさいことを言わない中見世が多く、遊びやすいと人気のある里です」

南に通じており、色里を知っているというのが、喜八郎の前では負い目らしい。きまりわるそうに話す嘉介の脇で、与一朗はうつむいたまま、笑いを懸命に嚙み殺していた。

「与一朗」

喜八郎に名指しされた与一朗は、上げた顔が一瞬にして引き締まっていた。

「明朝、町飛脚宿が開き次第、俊造《しゅんぞう》につなぎをつけ、ここに呼び寄せなさい」

指図の物言いは静かだ。しかし嘉介の様子に笑いをこらえていたことをおかしらはお見通しだと、与一朗は察していた。

こうなれば、俊敏に動くのが肝要である。

「うけたまわりました」

返事をしたときの与一朗は、中腰になっていた。

一夜が明けた五月二十四日、朝。手早く勤めを済ませたあと、与一朗は仲町の辻を目指して足を急がせていた。

町飛脚の俊造は、仲町の辻に建つ飛脚宿の帳場に名札を吊していた。しかし奉公人ではなく、身を縛られてはいなかった。

帳場の配達指図には従うが、空いた間の動きの自由は確保していたのだ。

土間に入ってきた与一朗を見るなり、俊造は連れ立って通りに出た。

「おかしらがお呼びです」

耳元でささやかれるなり、俊造は帳場へと急ぎ戻った。

「しばらく、あっしは暇《いとま》をもらいやす」

不意に暇を願い出ることに、帳場は慣れていた。

「とりあえず、大川開き当日までの暇出しとしましょう」

帳場の承知を得た俊造は与一朗の足を待たずに、蓬萊橋《ほうらいばし》へと駆けた。

時は五ツ半過ぎ。朝の遅い大和町は、まだ大半の見世が眠りから醒めていない刻限だ。

「ご用とうかがいやした」

俊造が呼び入れられた喜八郎の執務室には、嘉介も陪席していた。

指図は嘉介が口にした。

「大和町のそめや当主とは、昵懇《じっこん》と記憶しているが」

「間違いありやせん」

俊造は即答した。大和町に大見世はない。中見世と小見世が十二軒、二階屋の軒を連ねていた。

そめやは大和町の総代格で、十六人の花魁と、三人の牛太郎を抱えていた。

俊造の返事を聞いたあとは、喜八郎が指図を口にし始めた。

「そめやに籍を置くおきょうなる花魁の素性を、両日のうちに存分に聞き込んでもらいたい」

俊造は喜八郎を見詰める目に力を込めてうなずいた。存分にとは、洗いざらいを意味する。使える場面は、ひどく限られていた。

しかも喜八郎の指図は、まだ続いた。

「おきょうは南の花魁だったそうだ」

喜八郎はいまも、南の言い方にはぎこちなさがあった。俊造はしかと受け止めて、あとの指図を待った。

「大和町には、北・南・コッのいずれから流れてくる花魁が多いのかも、聞き込んでもらいたい」

ここまで指示してから、喜八郎は窪んだ両目の光を強くした。

「俊造も承知の通り、平吉と勝次の間柄が尋常ならざる様子だ」

耳の大きな俊造である。ふたりの不仲は当然聞こえていると、喜八郎は判じていた。

「ふたりとも、なににもまして大川開きの花火を好むと聞いている」

それを承知している俊造は、喜八郎を見詰め返して深くうなずいた。

「来る二十八日の手前までに片を付けて、晴れ晴れとした顔でふたりに花火を楽しませてやりたい」

配下の者に寄せる、喜八郎の篤い心情。

まともに触れたと実感した俊造は、込み上げる思いで息が詰まりそうになった。

「働きをあてにしているぞ、俊造」

「おまかせください」

俊造の返答は、声がくぐもっていた。

*

俊造が損料屋を出た五月二十四日、夏日が地べたを焦がしている四ツ過ぎ。

平吉は大島橋たもとにいた。橋の北詰には柳の古木が三本植わっている。長く垂れた枝は、腰掛けに置かれた小岩にかぶさっていた。

朝の商いが仕舞いになったあとは、小岩に座って煙草《たばこ》を楽しむのが決まりだった。が、平吉は今朝も種火となる懐炉灰《かいろばい》を忘れてきていた。

二十日の夜に勝次と大喧嘩をした。その翌朝から四日続けて、煙草の種火を宿のへっついの上に置き忘れていた。

勝次と同時に未明の宿を出ていたときは、かならず懐炉灰を確かめていた。

勝次とは別々に宿を出ているいまは、確かめもせず、まるで逃げるようにして長屋を飛び出していた。

今日で丸三日、勝次と口をきいていない。客先の女房連中からも、どうかしたの？と威勢のなさを心配され続けていた。

平吉が浮かない顔なのは、煙草が吸えないからでも、勝次と話ができないからでもなかった。おきょうが口にした言葉が、日に日に胸の奥深くに食い込んでいた。その痛みで威勢が削がれていた。

懐炉灰を忘れるのも、つまりはおきょうの正直な言葉に噛みつかれているからだった。

二十日の夜、勝次をもんじやに残して、平吉はひとり大和町へと急いだ。

まだ六ツ半（午後七時）にも間がある見当で、高橋《たかばし》から見た小名木《おなぎ》川の川面には、昼の温気が残っているかに思えた。

そめやに顔を出す四ツには、まだ一刻半（三時間）以上の間があった。さりとて勝次との諍いで乱れた気分が尾を引いており、知らない縄のれんをくぐる気にはならなかった。

なんだって野郎は、ああまでおきょうを嫌うんでえ。見もしねえで。

あれこれ思案を巡らせたが、なにも思い当たることはなかった。

ただひとつ、女郎に惚れたのはおめえより先だと言ったときの、湿った語調はいまもはっきりと思い出せた。

平吉は知恵の回る男だ。

惚れたというのは、南の花魁かもしれない。その花魁に、なにか手ひどい目に遭わされたがため、おきょうを嫌っているのかもしれない……

あれこれ考えても、これ以上の思案は浮かばなかった。思えば思うほど、謙蔵店で暮らし始めるまでの勝次のことを、ほとんど知らなかったと、いまさら思い知った。

約束より一刻（二時間）近く早かったものの、そめやの正面に立ったら牛太郎から声をかけられた。

「平吉さんで？」

おきょうから聞いていると続けた牛太郎は、帳場におきょうの空きを確かめた。

「上げていい」

了解を得たあとは費《つい》えの談判もせぬまま、平吉を二階に上がらせた。

もしも遊び代で揉めたら、上げた牛太郎が責めをかぶることになる。おきょうとの事前のやり取りで、牛太郎も平吉のことを承知していたのだろう。

四畳半に案内されると、間をおかず冷や酒と小鉢のあてが運ばれて来た。それ以上の注文は訊かず、仲居は下がった。

徳利がカラになったのに合わせて、おきょうが顔を出した。未明の富岡八幡宮で会ったときとは、まるで別人である。白塗りは厚く、毒々しいまでに紅は濃かった。

あまりの変わりように驚いた平吉は、言葉が出なくなっていた。

「これがあたしの生業です」

普通の物言いで接し始めたおきょうは、追加の酒を注文してもいいかと訊ねた。

「おひけ（午前零時）には、まだ充分に間がありますから」

物言いも声も、今朝の境内と同じだ。平吉は目を閉じて朝のあのときを思い浮かべながら、酒の注文を承知した。

追加追加とならぬよう、おきょうは冷や酒を三本と、小鉢を頼んだ。運ばれたあとで、おきょうは部屋の戸をしっかり閉じた。

そして燭台を近づけて、火鉢越しに座した平吉の顔を浮かび上がらせた。

黙したまま見詰めたおきょうは、ふうっと吐息を漏らした。

茶箪笥と火鉢、隅に重ねた五枚の座布団のほかには、調度品のない部屋だ。火鉢の五徳には鉄瓶が乗っており、ゆるい湯気を立ち上らせていた。

箱膳を脇にどけた平吉は、火鉢を挟んでおきょうと向き合った。

「さっきはすまねえことをしやした」

おきょうの厚化粧に驚いたことを詫びた。

「いいんです、これもあたしですから」

おきょうは平吉を見詰めて、あとを続けた。

「平吉さんと幹太郎《みきたろう》さんとが、あまりに似ているものですから、つい甘えて……」

燭台の明かりが、目元を照らしている。口を閉じたおきょうの両目が潤んでいるのが見て取れた。

「幹太郎さんてえのは、だれでやすんで」

「あたしが心底、好いているひとです」

おきょうはためらいもせず、言い切った。

平吉はあとの言葉が出なくなり、黙したままおきょうを見つめた。

「幹太郎さんは花火師なんです」

修業先に出張っているが、今年の大川開きまでには帰ってくるとの手紙を受け取っていた。

「あたしがそめやに借りているのは、品川から移った八十五両を含めて、九十三両です」

幹太郎はその全額を持参してくると、おきょうは明かした。

唐突にカネの話を始めたおきょうの顔を、平吉は強い目で凝視した。

なにしろ今夜が初会である。そんな相手にまだなにもしないうちからカネの話をすることを、平吉はいぶかしんだのだ。

そんな平吉には構わず、おきょうは居住まいを直した。

「八幡さまでお会いしたとき、平吉さんの半纏に見とれてしまいました」

幹太郎も花火師の半纏を、職人らしく粋に羽織っていた。その姿が重なったのだ。

「そんなわけで、平吉さんがそめやに来てくれるのは、とっても嬉しく思えたんです」

おきょうは徳利の酒を猪口《ちょこ》に手酌で注いだ。そして一気に呑み干した。その姿に、平吉は見惚れた。

「いまも胸が早鐘を打っています」

平吉を見詰めて、かすれ声でこれを言った。平吉は火鉢もどけて、おきょうと向き合った。

「おれはおきょうさんに、とことん、めえっておりやす」

平吉は右手を伸ばして、おきょうの肩においた。それを拒まぬまま、おきょうは続けた。

「あたしも平吉さんが好きです」

おきょうは肩に載せられた平吉の手を、両手で包んで男の膝に戻した。

「客を巧みに騙せてこそ、一人前」

花魁が守るべき、色里金言の第一とされていた。

おきょうも、もちろん承知である。しかしそれは遊び客と接するときの心構えだ。おきょうにとっての平吉はまだ出逢って一日も過ぎてはいないのに、客なのに客ではなかった。日の出前の八幡宮境内で出逢ったとき、おきょうは素顔で平吉と向きあっていた。そして素の気持ちで、女郎だと明かした。平吉はそんなおきょうを「なんでえ……」と見下すこともせず、気持ちのいい話を続けてくれた。

しかも日の出前の約束通り見世に上がってくれたのだ。

遊女ならぬ、女おきょうの一目惚れだった。ゆえにこのまま見世で、平吉と肌を合わせることはできなかった。

「好きだからこそ、女郎の身としておひけ（床入り）とすることはできません」

正味の想いを、正味の物言いで伝えたのだが。

平吉にはおきょうが抱く胸の内の深さを、察しようがなかった。

おきょうが続けた言葉は、平吉をさらに混乱させた。

「あたしは幹太郎さん命です」

静かに言い切ったおきょうの両目が潤んでいた。好いた男命と言いながらも、想いを込めた目で平吉を見詰めている。

別に好いた男がいると明かされた平吉は、いきなり沸き上がった嫉妬心で顔つきがけわしくなった。

おきょうは静かな物言いで、あとを続けた。

「勝手なことを言って、ごめんなさい」

おきょうはまた、手酌で盃を満たした。

二十日は四ッの鐘でそめやを出た。

おきょうは手の届かない相手だと、平吉はおのれに言い聞かせた。

あたまでは分かっていても、承知できなかった。

惚れた女には、別の男がいる……

やり場のない気持ちが平吉を燃え立たせた。そして二十一日、二十二日、二十三日と、毎晩出向き、牛太郎におきょうとの部屋を頼んだ。

おきょうも拒まず、平吉を迎えた。が、それ以上には進めぬまま、日が過ぎていた。

＊

平吉が思い返しを閉じたのは、永代寺が九ッの鐘を撞き始めたときだった。

「おれは決めたぜ！」

小岩から立ち上がるなり、平吉は目の前の大横川に向かって声を張った。

ぐじぐじ思うのは、いま限りだ。きっぱりとおきょうは諦めて、勝次に詫びようと、おのれに言い聞かせた。

「いまからそめやに行くのは、てめえに引導をわたすためでさ」

川面に決意を告げると、天秤棒に盤台を吊した。商いの身なりで大和町に向かい始めた。

五

夏至という日の昼下がりだ。商家の連なる表通りでも、人々の往来がのんびりしている刻限である。

ましてや遊里の大和町では、通りを行き交うひとの姿は皆無だつた。

そんな町を平吉は、短くて黒い影を地べたに描きながら、そめやの店先に近寄った。

人通りの絶えたこの刻限でも、そめやは玄関脇に牛太郎を配していた。

ひとの目利きに長けている牛太郎だ。天秤棒を担いでいても、ひと目で平吉と見抜いたらしい。

向こうから近寄ってきた。

「あにさんがお見えになるのを、待ってたところでさ」

「待ってたとは？」

平吉は相手を見詰めて問い返した。

「ゆんべのやり取りで、花魁はかならずあにさんが昼間に顔を出すはずだと言って」

平吉をその場に待たせた牛太郎は、玄関内に飛び込んだ。

「もうこないでください」

おきょうはこの言葉で、昨夜は平吉を追い返していた。

玄関から出てきたとき、牛太郎は桃色無地の風呂敷を抱え持っていた。

「これを渡してほしいと、花魁から頼まれておりやしたんで」

担ぎ売りの平吉に、牛太郎から近寄ってきたのも道理だった。

「どうか、花魁の気持ちをでえじに受け取ってやってくだせえ」

平吉は天秤棒を肩から外し、包みを受け取った。盤台はすっかり乾いている。包みを前の盤台に納めて、再び天秤棒に肩を入れた。

牛太郎は黙したまま、平吉のすることを見詰めていた。担ぎ売りの形《なり》に戻ったのを見極めると、早く立ち去ってくだせえとばかりに右手を突き出した。

風もなく、昼過ぎでも眠っているような大和町である。地べたの照り返しを浴びて、立ち止まっているのはきつかった。

「花魁によろしくと、そう言ってくだせえ」

「がってんでさ」

平吉を見詰める牛太郎の日焼け顔も、地べたの照り返しを浴びて汗が光っていた。

大和町の大路を西に折れて三町（約三百三十メートル）進めば、冬木町の町木戸にぶつかる。

木戸番小屋は正面から夏日を浴びており、番太郎は小屋の外に出て立っていた。

二十日の夜から昨夜まで、平吉は木戸が閉じたあとの潜り戸から通してもらっていた。

町木戸は四ツで閉じられる。深夜にそめやを出て謙蔵店に帰るには、冬木町を通り抜けるのが一番だったからだ。

強い陽差しを背に浴びた平吉は、番太郎に会釈して通り過ぎようとした。

「亀久橋のたもとで、勝次が町飛脚と一緒に待ってると言ってたぜ」

「えっ……」

絶句した平吉に、番太郎はもう一度、同じことを告げた。

わけが分からぬまま、平吉は亀久橋へと急いだ。が、腰の使い方が巧みで、乾いた後ろの盤台も、風呂敷の収まった前の盤台も、いささかも揺れずだった。

近寄る平吉を、勝次と俊造は大岩の前に立って迎えた。ふたりとも股引腹掛け姿だ。勝次は天秤棒を担いではいなかった。

「大島橋からずっと、おめえのあとを追ってたんだぜ」

四日ぶりに口がきけるのを、勝次は正味で喜んでいる。口を半開きにして驚いている平吉を、並んで座ろうぜと大岩に誘った。

平吉を真ん中にして、勝次と俊造が両脇に座った。

「おめえとおれの様子がおかしいてえんで、おかしらと嘉介さんが心配なすってよう」

昨夜は与一朗を差し向け、今朝は俊造さんまで、おれたちのために動かしてくださったと、一気に明かした。

そのあと勝次は、平吉の正面に立った。

「南のことで、おめえにつまらねえ振舞いをしちまった」

勘弁してくれと、勝次は深く身体を折って詫びた。まだ顔を上げる前に、平吉も岩から降りて勝次の手を握った。

「おめえの気遣いも呑み込めずに、ケツを割ったおれがわるかったんだ」

顔を上げさせた勝次の手を強く握り、平吉は心底の詫びを言った。

ふたりが和解できたところで、俊造が中立ちに入った。

「おめえたちがそれぞれ、思っていることを存分に吐き出すのが先だろう」

俊造の仲裁に従い勝次、平吉の順にそれぞれが抱え持つことを明かした。

「たったいま、この包みを牛太郎から受け取ったんだ」

平吉は盤台から取り出した風呂敷を開いた。紺色の夏物と冬物の半纏二着が律儀に包まれていた。

どちらも無地で、新品である。手にとって子細に見ていた平吉は、襟元の裏地を見て手が動かなくなった。

豆腐屋平吉と、赤い糸で縫い取りがされていた。半纏屋の仕事ではない。おきょうが手縫いした縫い取りだった。

仙台堀に目を移した勝次は、そっと吐息を漏らした。

平吉に向き直ったときは、見詰める目で思いを伝えようとした。

いい女だったなあ、平吉……と。

俊造は思うところを抱え持っていた。が、ふたりに悟られぬよう、仙台堀の流れを見詰めていた。

＊

そめやのあるじから子細を聞き取ったあと、俊造は勝次を捕まえた。刻限は四ツ半を大きく過ぎており、朝の商いは終わったと見当をつけてのことだ。

与一朗から聞かされたおのぶと富助のことを、俊造は再度確かめた。そのうえで、喜八郎の指示でそめやに出向いたことを明かした。

「おかしらに話す前に、平吉からも聞き取りをしてえんだが」

「野郎ならこのあとは、大島橋のたもとでさ」

担ぎ売り道具を宿に仕舞ったあと、勝次と俊造は大島橋に向かった。平吉を見つけると声をかけず、あとを追った。そめやに向かったのを確かめたあとは冬木町の番太郎に言付けをして、亀久橋へと先回りした。

互いに相手を大事に思っている勝次と平吉である。思い違いと思い込みとが解けたあとは、即座に仲直りができた。

平吉の言い分と、そめやのあるじから聞き取った話とは、食い違いがあった。俊造は平吉には質さず、喜八郎にそのままを伝えた。

＊

「おきょうはそめやで三本指のひとりてえ売れっ妓でやして、ほぼ毎晩、三人の回しをこなしておりやした」

客を部屋に残したまま、他の客の相手をするのが回しだ。花魁が朝まで戻ってこなくても、客は「ふられたらしい」と諦めた。これが遊里の習わしで、文句を言う客は無粋者だと嗤われた。

「平吉はそめやのご内証（帳場）には、ひどく評判がわるかったんでさ」

料理も芸者もとらず、酒は冷や酒を数本だけ。使う部屋は調度品もない四畳半。

「それでいて、花魁は平吉のそばから離れないもんで、帳場はやきもきし続けでやした」

泊まりでもすれば相応の勘定書きを出せるが、おひけ前にはかならず帰った。

「見世のことを考えろとあるじがきつく言っても、花魁は聞く耳をもたなかったそうでさ」

売れっ妓だけに、ご内証も強いことは言えなかった。

「しかも花魁は、見世への借金はほとんどねえってんでさ」

これを聞いて、喜八郎が問いを口にした。

「今日の平吉の話では、おきょうさんは百両近い借金があったはずだが」

「それが大違いなんでさ」

品川から移りの肩代わりが四十三両だったが、ほぼ完済していた。見世からの借金は十六両だが、いまの稼ぎが続けば二カ月で払い終えるとあるじは答えていた。

「おきょうてえ花魁は」

俊造は合点のいかない顔を喜八郎に向けた。

「のっけに多額の借りがあると吹いて、貢がせようとでもしたんでやしょうか？」

「断じて、それはない」

喜八郎の強い語調は、俊造が口にしたことを戒めていた。

「わたしは遊里の仕来りは知らぬが、ひとの想いは察せられる」

安い料理と粗末な四畳半に留めたのは平吉ではなく、おきょうだと喜八郎は断じた。

「相手に無駄な費えを負わせぬのは、おきょうさんの強い気持ちあってこそだ」

そのかたわら、おきょうは平吉と肌を重ねようとはしなかった。が、焦《じ》らせて高額を貢がせようとしたわけではない。

「女人の心情の機微を読み解くのは、わたしには難儀だが」

言葉を区切ったとき、陪席の嘉介は小さいながらも、きっぱりとうなずいた。秀弥《ひでや》に対する喜八郎の無骨さを思ったに違いなかった。

「おきょうさんがふたりの男を想うがゆえ、越えてはならぬ垣根を平吉との間に設けたことに、強いまことがある」

わざと高額の借金を口にしたのも、平吉を遠ざけるための方便だと喜八郎は読んだ。

「勝次の話でもそうだが、遊里の女人は相手から貢がせる手管を磨くと聞いた」

嘉介からの即席講義で、喜八郎は遊里に生きる女郎の生態を学んでいた。

「おきょうさんが他の客にどんな手管を示しているかは、想像したくはないが、平吉から貢がせる気などないのは自明のことだ」

強い口調の喜八郎に接して、俊造はいまさらながら感銘を深めていた。

「まこと勝次も平吉も」

喜八郎は俊造を見る目の光を強めた。

「あの両人を大事にするおまえも、古くから言われてきた深川の男だと呑み込めた」

喜八郎は脇に座した嘉介を見た。

「半纏二枚こそ、おきょうさんが平吉に預けた起請文だ」

喜八郎が言ったあと、嘉介はしばし黙していた。いまの喜八郎の言い分を噛み締めていたのだろう。

膝に両手を載せて喜八郎を見た。そして……

「まこと、おかしらの言われる通りです」

衷心から喜八郎を「おかしら」と呼んだ。

喜八郎の窪んだ目の端が、わずかにゆるんだ。

冷夏のいもがゆ

一

川開きの花火から七日が過ぎた、寛政六年六月六日、明け六ツ半（午前七時）。

東も南も、朝の空は晴れ上がっていた。

高さ六丈（約十八メートル）の火の見やぐらが建つ仲町の辻から、富岡八幡宮大鳥居《おおとりい》前まで、およそ四町（約四百四十メートル）の仲町で最も沽券状《こけんじょう》（土地権利書）の値が高い大路の両側には、大小百十八軒の商家が軒を連ねていた。

いつもは五ツ（午前八時）の鐘が撞《つ》かれ始めるなり、商家は一斉に大路に面した店の戸を開きだす。

ところが六月六日の朝は、一軒の漏れもなく六ツ半には店の戸が開かれていた。

前夜のうちから、番頭が手代と小僧に翌朝の早い口開けを申し渡していたからだ。

「この先こんな六ならびの日が、いつまた巡ってくるか知れたものじゃない」

店売り担当の番頭は、両目と声に力を込めて奉公人と向き合っていた。

番頭の言い分はもっともと言えた。

六月六日の六ならびは毎年のことだ。

しかし改元されたあとは、その元号が六年まで続かぬ限り、六六六の並びは生まれない。

天明六（一七八六）年も六が三つならんだ。あれから八年。

いまの小僧や若い手代のなかには、天明の並びを覚えていない者もいた。

「今日が六ならびとなることは、今年の暦が売り出されたときから分かっていた」

番頭が言葉を区切ると、手代も小僧も深いうなずきで応じた。

「どこのお店も六ならびにちなんだ趣向を凝らし、土地の客のみならず、大川の西からやってくる参詣客にも売りまくるはずだ」

千載一遇の折りを逃すなと、いつもより半刻（一時間）も早く、店を開いていた。

しかし商家の熱気とは裏腹に、六ッ半の通りに群れる客の姿は少なかった。

が、店先に客が早くから列をなしている商いもあった。深川界隈に都合七軒ある質屋と、四軒の損料屋である。

質屋の前には手ぶらの客が多かった。

質草を預けるのではない。逆に請け出す客が大半だった。

「まさか川開きのあとの夏が、こんなに寒いとはねえ」

請け出しに並んでいる女房連中は、ひとえではない。どのカミさんも急ぎ箪笥から取り出した、冬物のあわせを着ていた。

「あたしが覚えている限り、花火のあとであわせを着たのは今年が初めてだよ」

ふたりは襟元をあわせて、うなずき合った。

深川に四軒の損料屋は、どこも五ツ半（午前九時）が商い始めである。それを承知で、寒い夏が始まった六月二日の翌朝からは、五ツの鐘で客が並び始めた。

六日の朝も同じだった。

「長らく待たせては気の毒だ」

店先の様子を聞かされた嘉介は、すぐに店を開くようにと指図した。

与一朗が玄関の格子戸を開けたとき、すでに八人の客が並んでいた。

なかには子連れ客もいた。

「火鉢はまだありますか？」

「掻巻《かいまき》があれば、二着用立てていただきたいんですが……」

どの客も申し合わせたかのように、今すぐに、亭主が仕事から帰ってくる前に欲しいとせっついた。

「案ずることはありません。うちにはまだ、火鉢も掻巻も残っています」

与一朗はこれも嘉介の言いつけで、格子戸を開けたままで商いを続けていた。そして客とのやり取りの声を張り気味にした。

外に並んだ客を安心させるためである。

「よかったね、かあちゃん」

母親の手を握った女児が、声を弾ませた。

＊

喜八郎も嘉介も、稼業の舵取りに手を抜いていたわけではない。損料貸しする品々の蔵も、敷地内には構えていた。

が、喜八郎の損料屋は、さほどに商いが流行《はや》ってはいなかった。

一日のうち、七人の来店客があれば上々といえた。

「うちはまるで七屋ですね」

与一朗の軽口に嘉介は得心顔すら示した。

損料屋は世間に向けた、表の顔だと与一朗も嘉介も承知していたからだ。

そんな損料屋に六月三日、いきなり十四人の客がやってきた。客の大半が初顔だった。

「火鉢を貸してください」

口開けが火鉢を借りたいという客だった。

玄猪《げんちょ》（十月の亥の日）を境に、損料屋はどこも火鉢を仕入れて客に備えた。この日が冬の始まりだった。

嘉介の判断で去年の冬場には、二十台の火鉢を仕入れていた。しかし春分を過ぎたところで、五台だけ残して問屋に十五台の火鉢を返した。

代わりに蚊帳などの夏物を入れた。

ところが今年は六月三日に、客が立て続けに火鉢を損料借りで持ち帰った。

貸出期間は十日で、損料は百文とした。冬場の損料の七掛けだったが、あてにしていなかった客である。

百文で貸しても、丸ごと儲けとなった。

五台すべてを貸し出したあとも、何人もの客が火鉢を借りにきた。

昼飯の折りに、与一朗は嘉介に次第を話した。返事をためらっていた嘉介に代わり、喜八郎が指図を口にした。

「問屋在庫の半数を、今日のうちに仕入れてきなさい」

火鉢だけでなく、搔巻も問屋の半数を仕入れてくるようにと言いつけた。

在庫の全量を仕入れては、あとから来る同業者の邪魔をすることになる。それを思い、半数だと言いつけた。

昨夜の冷え方は尋常ではなかった。

嘉介は四ツ（午前十時）前に、去年の正月に飯炊きと家事手伝いで雇い入れたおとよに頼み込んだ。

「わたしと旦那様とに、掛け布団を用意してもらいたい」と。

喜八郎も掛け布団を断らなかった。そんな一夜を過ごした翌日の、火鉢と搔巻騒ぎだ。

「今年は寒い夏となりそうだ」

冷夏に備えての火鉢と搔巻の仕入れだった。

「おまえのことだ、抜かりはないだろうが」

喜八郎の指図に、嘉介が付け加えた。

「問屋との談判は、巧くこなしてくれ」

安値で仕込めれば、損料も七掛けを続けられる。

「寒い夏につけ込むことは、うちの商いではしなさんな」

「うけたまわりました」

与一朗は嘉介を見詰めて返事をした。

世の中は六ならびの六月六日が近づくにつれて、浮き浮きと商いの歩みを弾ませていた。

蓬萊橋の損料屋は、商いの流れとは無縁の動きを続けた。

「この寒い夏は、一筋縄ではいかない」

喜八郎の判断で、冬場の損料貸し用の品々を仕入れ続けた。

秋山久蔵《あきやまきゅうぞう》の配下として北町奉行所同心だった、十数年前のある年。ひどい冷夏に見舞われた米処は、軒並み大凶作に陥った。

今年六月二日夜の冷え方は、あの大凶作となった夏を想起させていた。

損料屋は米とは無縁だが、米屋政八《よねやせいはち》のことは、米屋先代から頼まれていた。

ひとのためになる損料屋。

喜八郎も嘉介も、この思いで損料屋稼業と向き合っていた。

*

六月六日の四ツ過ぎには、与一朗が仕入れた火鉢・掻巻・掛け布団のすべてが借り出された。

「蓬萊橋の損料屋なら、火鉢も掻巻も貸してもらえるから」

カミさん衆に教えられて、多数の客が朝から列をなしていた。

四ツ半（午前十一時）過ぎ。

「まことに申しわけございません。火鉢も掻巻も掛け布団も、すべて貸し出しました」

まだ列を作っていた客に、与一朗は詫びて回った。ほとんどが女の客である。

「おたくさんには、とってもよくしてもらったと、おきみさんから聞いてます」

木綿のあわせを着た女が、柔らかな物言いで与一朗に話しかけた。おきみさんとは、長屋の女房のひとりだった。

「損料貸しが入り用なときは、おたくさんに頼みますから」

「ありがとう存じます」

深々と辞儀をする与一朗に温もりあるまなざしを向けて、客たちは離れていった。

後ろ姿が蓬莱橋につながる角を曲がったところで、与一朗は背筋に伸びをくれた。店の格子戸に手をかけたとき、背後で鈴が鳴った。

チリン、チリン、チリン……

調子よく鳴る音は、町飛脚が駆けてきたと教えていた。

店の前で振り返った与一朗に、飛脚はまっすぐに近寄ってきた。

小豆色の地に、白抜き縦縞が入った半纏《はんてん》を着ていた。肩に担いできた挟箱《はさみばこ》は朱色の無地である。

至急報を届ける飛脚に限って許された、朱色の挟箱だった。

箱の柄を左手で摑んだまま、飛脚は問うた。

「蓬莱橋の損料屋てえのは、おたくさんで？」

「てまえどもです」

与一朗が答えると、飛脚は挟箱を肩から下ろした。そして一通の書状を取り出した。

「損料屋のご当主あてに、蔵前天王町《くらまえてんのう》の伊勢屋《いせや》さんからです」

飛脚から受け取ったのは、極上美濃紙《みのし》を用いた書状である。

宛名は書かれていない。差出人は小筆で伊勢屋四郎左衛門《しろうざえもん》と記されていた。

「間違いありやせんかい」

「ご苦労様でした」

与一朗が答えると、飛脚は挟箱から帳面を取り出した。そして受け取りの爪印を押すようにと頼んだ。

飛脚は墨壺と小筆を差し出した。

封書をたもとに仕舞った与一朗は、墨壺に右手の人差し指を差し入れた。指の腹についた墨を受取帳に押してから、小筆で氏名を書き加えた。

「ありがとやんした」

駆けだした飛脚の背を見ながら、与一朗は思案を巡らせた。

札差《ふださし》でも随一の大所帯で知られる、伊勢屋四郎左衛門。喜八郎と昵懇《じっこん》であることは、嘉介からも聞かされていた。

その伊勢屋が喜八郎にあてて、朱色箱の書状を寄越したのだ。

またなにか、大騒動が起きるのか……

寒い夏にげんなり気味の与一朗は、久々に気が弾むのを感じていた。

二

伊勢屋四郎左衛門からの速達書状は、六月六日に逢いたいとの報せだった。

「折り入っての話がしたい。江戸屋《えどや》離れで、今夕暮れ六ツ（午後六時）。女将《おかみ》にも同席願いたい」

四郎左衛門は喜八郎のみならず、秀弥とも面談を欲していた。

書状を読み終わるなり、喜八郎は一筆箋に向かった。そして江戸屋の秀弥にあてて、今夜の手配り依頼を認《したた》めた。

四郎左衛門は柳橋《やなぎばし》の船宿で、屋根船を仕立ててやってくる。大川からの運河のひとつは、江戸屋の裏手につながっていた。

自前の桟橋に横着けすれば、他人の目を気にすることなく江戸屋離れに直行できる。

大名や大尽が深川で息抜きをするには、江戸屋は格好の料亭だった。

「もしも離れの都合がつかなければ、小部屋で構わない旨、女将に伝えるように」

六が三つ並んだ夕の酒席である。いかに秀弥とて、すでに予約済みなら支度もできまいと案じたのだ。

秀弥はしかし、喜八郎の依頼を即座に引き受けた。

「暮れ六ツのご来駕を、お待ち申し上げます」

桟橋にも下足番を待たせておきますと、伊勢屋を迎える手配りを請け合った。

迎える支度を調《ととの》えたあと、喜八郎は与一朗を伊勢屋へと向かわせた。

朱色箱の飛脚便を寄こしたほどに、四郎左衛門の用向きは緊急らしかった。にもかかわらず、四郎左衛門は柳橋に呼びつけはしなかった。みずから江戸屋に出向いてくるのだ。

返事を伝えに与一朗を差し向けたのは、伊勢屋に対する喜八郎の敬意だった。

店に着いた与一朗を、伊勢屋はおのれの居室に迎え入れた。

これまた喜八郎への返礼である。札差随一の伊勢屋四郎左衛門が居室で対面する客は、三千石級旗本の用人に限られていた。

「わしは七ツ半（午後五時）に柳橋から船で向かう段取りだ」

七ツ半まで、あと一刻（二時間）である。

「わしの船で、一緒に深川に戻ったらどうだ」

正味の物言いで四郎左衛門は与一朗を誘った。が、相手の目を見て与一朗は固辞した。

「てまえは猪牙舟《ちょきぶね》を、柳橋に待たせておりますもので」

「そうか」

得心した四郎左衛門は短い言葉で応じた。

「あんたも損料屋の手代ぶりが身についてきたようだ」

与一朗の来歴を、四郎左衛門は承知していた。深川でも名を知られた質屋の惣領息子だが、いまは喜八郎の右腕、嘉介の下で手代を務めていた。

たとえ正味で誘われたとしても、伊勢屋当主と同席できる身分ではない。

おのれの身の丈をわきまえた振舞いを、七十余人の奉公人を抱え持つ四郎左衛門は了としていた。

「手数をかけましたな」

居室を出る与一朗を、四郎左衛門は立ち上がって送り出した。

＊

まこと六ならびの夕である。江戸屋の母屋は広間も小部屋も客で埋まっていた。が、二棟の離れに喜八郎たち以外の客はいなかった。

喜八郎・秀弥と向き合った四郎左衛門は、久々の対面を喜んだ。気持ちのこもったあいさつをくれたあと、四郎左衛門は脇息を使わず秀弥を見た。

「今宵の離れを二棟とも空けておかれたとは、さすがは江戸屋の女将だと感服した」

秀弥を見詰めたまま、真正面からの褒め言葉を発した。

秀弥は褒め言葉をきちんと受け止めた。その姿にうなずいてから、四郎左衛門は喜八郎に目を移した。

「難儀ごとを片付けるあんたの手腕に、わしは一目も二目もおくが」

四郎左衛門は膝元に出された手焙《てあぶ》りに左手をかざした。

六月六日にあるまじき、宵の冷え方が離れにも居座っていた。

「女ごころを読むのは、まだまだ坊やだ」

言われた喜八郎は、四郎左衛門を見ている窪んだ目に力を込めた。

喜八郎と並んで座している秀弥は、目元を緩めていた。

「わしは六ならびの今夕なればこそ、女将は離れを空けていると確信していたが、あんたはどうだ？」

「空きがあるかを訊ねました」

喜八郎は四郎左衛門から目を逸らさず、これを即答した。

「なぜわしが離れの空きを疑わなかったか、あんたは知りたいという顔だ」

「その通りです」

正座の膝に手を載せて、喜八郎は相手の説明を待った。

「秀弥さんは、常からあんたを大事に思っている女将だからだ」

六ならびの今宵は、ことによると喜八郎も伊勢屋との酒席を構えるかもしれない……

それを願った秀弥は、離れを二棟とも空けておいた。

伊勢屋は他人の耳目が近くにあることを嫌う。それをおもんぱかり、秀弥は今宵の離れを予約台帳から外していた。

四郎左衛門は喜八郎に謎かけをした。

「女将にも同席願いたい」と記すことで、女将はあんたを想って離れを空けているぞ、と。

喜八郎は秀弥の想いを読み解けず、与一朗に空きがあるか否かを質《ただ》させていた。

四郎左衛門が話し終えると、喜八郎は居住まいを正した。そして、あたまに手を当てた。

「一本、取られました」

なんと四郎左衛門を見詰める窪んだ目の奥が、きまりわるそうに緩んでいた。

いままでの喜八郎なら、おのれを小僧扱いされて穏やかではいられなかっただろう。

秀弥の深い想いを解き明かされたことで、四郎左衛門への感謝が目にあらわれていた。

喜八郎とて同じで、秀弥を愛おしむ気持ちが深まっていたのだろう。

四郎左衛門は秀弥と喜八郎を等分に見てから、もう一度秀弥に目を戻した。

「あんたらの様子を見て、腹が減った」

本題に入る前に、夕餉《ゆうげ》を味わいたいと支度を頼んだ。

「うけたまわりました」

立ち上がった秀弥は、朝顔をあしらった帯を締めていた。伊勢屋には手焙りを用意しながらも、女将は夏を受け止めていた。

＊

酒は燗酒、料理は焼き魚と椀、それに焼きおにぎりが供された。

食後の本題は重たいものだと喜八郎も秀弥も察しをつけていた。

夏とも思えない冷えたなかで、本題の手前で摂る夕餉だ。技のほどを見せつける美味ではなく、身体を温めてくれる献立を、それも食べやすくてほどよい量の膳を調えていた。

汁も焼きおにぎりも、離れで拵《こしら》えた。出来たてを供するためである。

秀弥の行き届いた心遣いを、四郎左衛門は大いに多とした。

「幾つも取り皿を並べた料理よりも、今夜の場には、焼いた握り飯に一汁が一番だ」

秀弥が用意させた焼きおにぎりは、三角形の小さなものだ。鰹節とゴマを混ぜたごはんを備長炭の火で炙《あぶ》る。表面が焼けたところで、醤油をひと刷毛《はけ》塗ってから、再び炙った。

仕上がったときの表面は、醤油せんべいのごとくである。小さい三角形は、前歯に衰えが始まっている四郎左衛門でも、難儀せずに嚙み分けられた。

半分に嚙み分けて口に入った握り飯は、表面の堅さと、内側の鰹節ごはんとが、絶妙の調和を繰り広げる。

喉に流し込む前に、汁をひと口すすった。鯛のダシが利《き》いたうしお汁だ。汁を含んだことで、喉の滑りが滑らかになった。

これも年配者の四郎左衛門に対する配慮だ。

添えられたウリの香の物には、味を損なうことのない配慮のもと、食べやすいように庖丁が入れられていた。

四郎左衛門は焼きおにぎりを四つ平らげ、汁も香の物も食べきったところで箸を膳に戻した。

本題をいかに切り出すかが、さすがの四郎左衛門でも気がかりらしい。熱燗徳利は、一合がまだ残っていた。

「三日からいやな寒さが天王町に居座っているが、深川はどうだ？」

話し始めたときも、四郎左衛門は脇息から身体を起こしていた。

「急ぎ冬物の火鉢と掻巻、掛け布団を仕入れましたが……」

今朝の客で、すべて貸し出されてしまいましたと、現状を明かした。

「この寒さは、江戸には八月まで居座るぞ」

四郎左衛門は迷いのない物言いで断言した。

「うちの空見《そらみ》は、今年の夏は雨の日は少ないと見立てた。少ないが、まとまった降り方をするそうだ」

ときには氷雨を思わせるほどに、凍えた雨も降るらしい。

雨降りの日は夏足袋《たび》では爪先が痛いほどの寒さを感ずると、四郎左衛門は言い足した。

相手の目を見詰めたまま、喜八郎は四郎左衛門に質した。

「今年の米は凶作ですね」

問いではなく、喜八郎は断じていた。

四郎左衛門は黙したまま、手焙りに両手をかざした。擦り合わせるさまは、とても六月六日の所作ではなかった。

三

蔵前一の札差・伊勢屋四郎左衛門の名は、大坂・堂島《どうじま》でも知れ渡っていた。

名が通った最大の理由は、寛政元（一七八九）年九月に発布された棄捐令《きえんれい》である。

公儀御家人と旗本が札差に負っていた借金百十八万両超を、棄捐令が帳消しとした。

膨大な額の貸し金を失ったあとも、伊勢屋はしっかり生き延びた。

「あんな目に遭《お》うたかて、飯炊きにいたるまで暇を出さへんで乗り越えたのは、真似のできることやおまへんで」

堂島の米会所では、伊勢屋の凄さが語り継がれて、いまに至っていた。

あの寛政の改革を断行した松平定信《まつだいらさだのぶ》の暴挙にも屈せず、いまも達者だったからだ。

四郎左衛門は堂島の米相場にも、三井両替店堂島店を通じて、堂島米会所で加わっていた。

「なんというても伊勢屋はんは、えらい大きな耳を持ってはるさかい……」

伊勢屋の相場観、豊作凶作を見極める眼力の確かなことには、相場の場立ち衆も舌を巻いていた。

「それにつけても、いまのご老中は倹約しか言わはらへんで……」

場立ちのひとりが小声でこぼすと、仲買人たちも小さくうなずいた。

江戸の札差百九軒には、貸金帳消しを断行した松平定信は天敵そのものだ。

江戸の札差が相場から引いたら、堂島の売買が一気に凹んでしまう。

江戸も大坂も、定信を忌み嫌っていた。

＊

寛政元年九月の棄捐令を発布したのは、天明七（一七八七）年に老中首座に就任した松平定信である。

定信は棄捐令に留まらず、武家・町民を問わず質素であるべしを旗印に、寛政の改革を断行した。

節約・倹約を庶民にも強いる定信は、棄捐令発布直後は江戸町民から喝采を浴びた。

大尽・札差を生き死にの瀬戸際にまで凹ませたからだ。

しかし札差が遣ってきたカネが回らなくなると、たちまち江戸は不景気となった。そのうえさらに「節約・倹約」の強要だ。

寛政の改革で定信は、棄捐令のほかにも重要な施策を、幾つも押し進めていた。

その一は大名諸家に、囲米《かこいまい》の徹底を命じたことだ。石高一万石につき籾付き米五十石の備蓄徹底である。囲米は飢饉への備えだった。が、備蓄した米は飢饉にあえぐ庶民救済が目的ではない。

広報されてはいなかったが、大名諸家の備蓄米だった。

江戸庶民救済の施策としては、七分積金が実行された。

江戸九百八十町の町役人は、地域内町民から毎月、町会費・町入用《ちょうにゅうよう》を徴収した。定信は町入用の遣い方にも節約を命じた。ただ指図するだけでなく、倹約成果には褒賞もつけた。倹約励行で生じた剰余金のうち、七割は町入用の積立金とさせた。災害や飢饉に備えるための、町場の囲米である。

残る三割中、一割は町会で自在に遣える資金とした。いわば町会の小遣いだ。

あとの二割は土地地主など、町入用の徴収と出納《すいとう》に携わる者に、労賃として還元した。

これが七分積金のあらましだ。

日本橋室町《にほんばしむろまち》や尾張《おわり》町、浅草などの大きな町会は、徴収してきた町入用も多額となる。結果、倹約で生ずる剰余金も五十両、百両の高額となった。

七分積金が百両を大きく超えている町会も、江戸には幾つもあった。

災害や基金に備えての七分積金だったが、寛政と改元されたあと、今年に至るまで積み金を取り崩す難儀は生じていなかった。

「なんとか千両の蓄えに届くまでは、七分積金の取り崩しはしたくないものだ」

いずこの町会でも、積み金取り崩しなど滅相もないと、出納役は顔を引き締めた。

当座の手許金を納めた手文庫を、滅多なことでは出納役は開かなかった。

定信は町役人を通じて、全町の七分積金現在高合計を掌握していた。

＊

「今年の凶作ぶりは、天明の大飢饉にもまさると、悟郎《ごろう》は判じておった」

悟郎とは四郎左衛門の嫡男で、伊勢屋の次代を担う男だ。四郎左衛門は悟郎に命じて、棄捐令翌年から、作付状況の検分で諸国米処を回らせていた。

昨夜、悟郎は予定を半月も早めて、越後《えちご》・信濃《しなの》路回りから天王町に帰着していた。

「悟郎に同行している空見の幻案《げんあん》は、この夏の寒さは八月まで続くと読んでおる」

幻案の見当が正しかった場合は。

「越後と信濃の米は……」

あとを続ける前に、四郎左衛門は盃ではなしに、茶で口を湿した。

「よくて二割五分、ひどいときには四割減という、凄まじい凶作となる」

見当を聞かされた秀弥は、今宵の離れで初めて吐息を漏らした。

「直ちに飢饉への手立てを講じないことには、いまわしい打ち毀《こわ》しが、また江戸で起きる」

四郎左衛門はまた湯呑みに口をつけた。が、茶は添え物で、すっかりぬるくなっている。

取り替えようと、秀弥が動こうとした。それを止めて、四郎左衛門は先を続けた。

「わしら町方がいかほど早手回しに動こうとしても御上の力添えなしでは、できることに限りがある」

喜八郎の胸元を射ていた四郎左衛門の眼光が、尖った光を帯びている。喜八郎の口を促す光り方だった。

「江戸九百を超える町々を、飢饉から救済する手立てなど、御公儀は持ち合わせていないでしょう」

かつては奉行所同心だった喜八郎である。飢饉に臨むときの公儀の無策さがいかばかりか、知り尽くしていた。

「しかもただいまは松平様が、まつりごとの長《おさ》に座しておいでです」

たとえ飢饉での打ち毀しを、四郎左衛門たちの働きで未然に防げたとしても……

それは老中松平定信に塩を送るに等しい。

蔵前の札差が、天敵定信のために汗を流すとは思えなかった。

「あんたが言いたいことは、わしも先刻承知のうえだ」

飢饉への備えなしのまま、冷夏を見過ごしては札差も無事では済まなくなる。

「御公儀の無能をあげつらったところで、なにも生まれはしない」

札差の安泰のためにも、御公儀はあてにせずに動く。ただし適宜、力添えはお願いすると言って、四郎左衛門は話を終えた。

「札差衆のためになるなら、御公儀と手を結んでもいいとお考えなのですか」

喜八郎は真正面から問い質した。

四郎左衛門は返答はせず、手酌で燗酒を猪口《ちょこ》に注いだ。秀弥は動こうとはしなかった。

ぬるくなった燗酒を干し、盃を膳に戻してから喜八郎に目を合わせた。つい先刻までの、眼光の尖りは失せていた。

「あんたと秀弥さんの前だから、あけすけなことを言おう」

秀弥を見たあと、喜八郎に目を向けた。

「ここで御老中に貸しを作っておけば、悟郎が四郎左衛門を襲名したあとも、手荒なことはしないだろうと……下心もたっぷりある」

言い終えた四郎左衛門は、はにかむような顔つきになっていた。

喜八郎も表情が和らいでいた。

「秋山さんを通じて、松平様との面談を取り計らってもらいたいのだが」

「うけたまわりました」

喜八郎は即座に答えた。

飢饉が表沙汰になる前に、手立てを講ずる必要があるのだ。一刻とて、ためらっていられるような、時のゆとりはなかった。

今宵は六日、明日は七日で奇数日だ。

「奇数日の七ツ以降なら、秋山さんは非番と同じです」

今宵と同時刻から、離れを使えますかと秀弥に問うた。

「洲崎《すざき》のお医者様の宴席が、七ツ半から入っておりますが……」

秀弥は喜八郎に目を向けた。

「素性の確かなお客様です」

心配無用という目を、秀弥は四郎左衛門に向けて答えた。

「明日が晴れなら、わしは柳橋から猪牙舟を仕立てよう」

帰りの船は江戸屋で手配りしてほしいと頼んだ。離れの客が、いつ桟橋を使うかも分からないのだ。

目立つ屋根船は控えるという、四郎左衛門の気遣いだった。

すべての話し合いが終わり、喜八郎と秀弥は、桟橋まで四郎左衛門に同行した。

運河を渡る夜の川風は、四郎左衛門がぶるるっと背筋を震わせたほどに冷えていた。

四

喜八郎が全幅の信頼を置いている秋山久蔵が、今宵の客である。

ひとの吟味には飛び切り辛口の四郎左衛門も、秋山には心底の信頼を寄せていた。

「なんとしても、江戸で打ち毀しの再来は、食い止めねばと考えております」

悟郎が検分してきた米処の実態を、包み隠さずに話した。

秋山は北町奉行所の蔵前方与力である。米の作付状況には、奉行所内でも一番通じていると思われていた。

そんな秋山がひとことも口を挟まず、四郎左衛門の話を聞き続けた。

奉行所では耳にすることのない、最新の情報に接することができたからだ。

今夜は秋山と喜八郎が並んで座しており、四郎左衛門は秋山の前に座していた。

「そんな次第で、今年はひどい凶作となるのは必定《ひつじょう》と思われます」

悟郎と幻案の見立て……米の収穫はたとえ甘い見方でも二割五分減となる旨を、結論として結んだ。

「喜八郎から聞かされたことだが、蔵前が費《つい》えを負ってでも、打ち毀しを防ぐ手立てを講ずるそうだが」

秋山は四郎左衛門を見据えた。

「いま一度、あんたに確かめる」

秋山はここで口を閉じた。四郎左衛門を見据える両目が「間違いはないな」と念押しをしていた。

「七分積金は、天王町だけでも三百七十三両三分があります」

札差が軒を連ねる各町を合わせれば、七百両に届きますと、四郎左衛門は合計金高を諳《そら》んじた。

棄捐令でへこたれたはずの札差だったが、いまだ大尽揃いだった。

「てまえが音頭を取り、飢饉対処に投ずる金高を二千両まで拠出させます」

四郎左衛門は断言した。もしも他の札差が従わないときは、全額を四郎左衛門が負担する気でいるのが、口ぶりから察せられた。

「なにゆえあって、あんたは巨額の費えを負ってまでして、飢饉対処を手助けする気でいるのだ」

秋山の問いに、四郎左衛門は即座に応じた。

「飢えた連中の手で、打ち毀しに遭うことを思えば、二千両なら算盤《そろばん》が合います」

それに加えて……と、四郎左衛門は続けた。

「松平様のまつりごと執行をお手伝いいたせば、御公儀は札差への風あたりにも、少しく手加減をくださりましょう」

今宵また、四郎左衛門はあけすけなことを口にした。聞き終えた秋山は、心底得心がいったとばかりに目元を緩めた。

「あんたから正味の言い分が聞けたのは、今夜の大きな収穫だ」

秋山は徳利に手を伸ばした。今夜も秀弥は燗酒を支度させていた。

秋山は手酌を好む。四郎左衛門も喜八郎も、秋山に合わせて徳利を手にした。

盃を干した秋山は、四郎左衛門に問うた。

「二千両を用意して、あんたはそれでなにをする気だ」

この問いには喜八郎も耳を澄ませた。昨夜は聞かされていなかったからだ。

「深川十万坪、いまは千田《せんだ》新田とされていますが、そこを耕して畑として、川越のいもを植えます」

四郎左衛門は、すでに細部にまで思案を巡らせていた。

「いも一貫（三・七五キロ）と米五合を合わせていもがゆを調理すれば、ざっと百人分が仕上がります。千田新田を畑とすれば、種芋を植えてから三カ月で収穫できます」

栽培が巧く運べば、十万貫以上のいもが収穫できる。

「米は蔵前の御公儀米蔵の徳川家囲米を放出願います」

飢饉騒動で世の中が不穏となるのは、いもの収穫が終わった晩秋から初冬だ。

「寒空を吹き飛ばす、熱々のいもがゆを振舞うことで、尖り気味のひとのこころも少しく落ち着きを取り戻すでしょう」

千田新田のほかにも火除け地などの空き地があれば、今年一年限りのいも畑として、町人に貸し与えればいい……

聞いていた秋山は、四郎左衛門の話の区切りで割って入った。

「川越のいもという思案は、松平様も大きにお気に召されるに違いない」

秋山が声を弾ませるのは、ないことだった。

「かつての川越藩を治められた柳沢吉保《やなぎさわよしやす》様を、松平様は大きに敬っておいでと聞いている」

今度は秋山が口にする話に、四郎左衛門と喜八郎が聞き入っていた。

＊

五代将軍綱吉《つなよし》からの、絶大なる信頼を得られた吉保。

小姓の出自にもかかわらず、国持ち大名にまで前例なき出世を成し遂げた。

綱吉治世下の身分は側用人《そばようにん》。

吉保を通さぬ限り、老中とて将軍拝謁がかなわないとまで言われていた。

元禄七（一六九四）年には川越城を賜り、生涯で初の城持ち大名となった。

その後は宝永元（一七〇四）年までの十一年、川越藩主を務めた。

武家は秩序を重視する階級社会だ。

そんななかにあって、吉保は綱吉の寵愛を背景にして、ぐんぐんのし上がった。

「綱吉様の腰巾着《こしぎんちゃく》めが……」

嫉《そね》む声は、吉保の耳にも聞こえていた。

「領民あってこその川越藩である」

この信念の下、吉保は在任中には新田開発を行い、農民の暮らしの向上に寄与した。

なかでも特筆すべき業績が、寛政の世では川越特産と評価されている、いも栽培を奨励したことだ。

嫉みから生ずる悪評は一顧だにせず、信念を貫き通した。

「余のなしたことは、のちの世が正しく評価してくれようぞ」

吉保の生き方を、定信は衷心より敬っていた。そして堅い信念を抱いて断行したのが、寛政の改革だった。

「世にはわしへの怨嗟の声が渦巻いておるが、改革の手綱は、いささかも緩めてはならぬ」

家臣への訓示は、定信自身に向けた檄文《げきぶん》でもあった。

＊

「さぞや札差はわしをめがけて、怨嗟の声を挙げておるであろうと、折に触れて松平様はこれを仰せであられるそうだ」

貸金百十八万両超の棒引き命令が、いかほど札差には過酷であったのか。

定信も胸を痛めているようだと明かしてから、秋山は盃を燗酒で満たした。そして正面の四郎左衛門を見ながら干した。

「その松平様が、札差首領のあんたが組み立てた思案を耳にされたならば」

立ち上がった秋山は鈴を手にしていた。その鈴を振ってから、四郎左衛門の膳の前に進んだ。

戸口に控えていた仲居が、ふすまの向こうで声を発した。

「お呼びにございましょうか」

「熱燗を頼む」

秋山の言いつけで、仲居は急ぎ調理場へと向かった。

今宵も江戸屋は満席である。秀弥は離れには顔を出さず、客間や広間へのあいさつを続けていた。

離れの仲居は、秀弥が一番の信頼を寄せているすずよだった。戸口に控えているすずよは、別の離れの客の監視役でもあった。

手早く用意された熱燗徳利のひとつを、すずよは秋山の脇に置いた。なんと秋山は座布団を敷かぬままだった。

すずよはしかし、座布団の支度はしなかった。座には喜八郎もいるのだ。

秋山が座布団を敷かぬのは、わけがあるのだと察していた。

秋山に辞儀をして、すずよは下がった。

「熱いのを一献やってもらいたい」

秋山が差し出した徳利を、四郎左衛門は居住まいを正して両手持ちの盃で受けた。

「川越いもの栽培、よしなに」

「お任せ下さい」

答えた四郎左衛門は盃を干した。そして秋山から徳利を受け取った。

急ぎ立ち上がった喜八郎は自分の盃と、秋山の膳に載っていた盃を手にして秋山の脇に座した。

四郎左衛門はふたりに注いでから、自分の盃も満たした。

「松平様に、なにとぞよろしくのほど」

四郎左衛門の口上に合わせて、三人は燗酒を干した。

戸口に控えたすずよは堀からの風を受けて、お仕着せの胸元を閉じ合わせていた。

五

老中松平定信は、八代将軍徳川吉宗《よしむね》を祖父にいただく家柄だ。吉宗の血を色濃くひいている。抱いた信念にも、一度裁可した事項の実施に対しても、微塵《みじん》の揺るぎもなかった。

寛政の改革で定めた諸事項についても、定信は徹底遂行の号令を発していた。

棄捐令に対してだけは、さすがの定信もやり過ぎたかとの思いを、周囲に吐露していたという。

が、秋山は定信から直接、そんな揺らぎを聞いたわけではなかった。奉行所与力の身分では、老中への拝謁など、かなうはずもなかったからだ。

しかし今回に限っては、北町奉行に陪席する形で、定信屋敷にての面談がかなった。

奉行と客間で待たされることもなく、定信があらわれた。

四郎左衛門から聞き取った子細は、事前に文書にした。奉行を通じて、あらかじめ定信に差し出されていた。

「伊勢屋四郎左衛門なる者は、なかなかにあっぱれな心がけであるの」

口を開くなり定信は、みずから四郎左衛門の思案に言い及んだ。

「いもがゆにて江戸町民を、生ずるであろう飢饉の飢えから救済いたす……その費えすべてを札差が」

ここまで言うと口を閉じ、奉行ではなく秋山を見た。

「七分積金ならびに手元資金にて負担いたすと申しておるようだが、秋山……」

定信は秋山を名指しした。

秋山は奉行を見た。返事をいたせと、奉行は目で指図していた。

「秋山にござりまする」

答えた秋山に、定信は問いを発した。

「棄捐令で負った傷口もまだかさぶたが被さったままであろうに、なにゆえさらに二千両もの費えを負担いたすのか」

定信の眼光は、秋山の胸の急所を射すくめていた。

「打ち毀しに遭うよりも、二千両でことが片付けば、算盤が引き合いまするると申しております」

この金高で足りなければ、さらに二千両を用意するとの四郎左衛門の言い分を秋山は明かした。

「打ち毀しは建屋のみならず、ひとのこころまで壊すだけで、なにも産み出しませぬと、伊勢屋四郎左衛門は申しておりまする」

「うむ」

定信は得心したらしい。

「まこと商人の算盤は、わしらには及びもつかぬ弾き方をいたすものだの」

「御意のままに」

秋山はこうべを垂れて答えた。

定信はさらに続けた。

「いも栽培は川越のいも農家に教わるというのも、まこと理に適っておる」

秋山が思っていた通り、定信は川越のいもを使うことを了としていた。

「そのほうらが提出いたした思案書の嘆願事項、すべて了承いたす」

飢饉が表沙汰となる前に、いも栽培に取りかかるべしと、定信は決裁した。

「大名諸藩の囲米にて、武家は対処いたすであろうが、町民への手立てを、わしは七分積金でこと足れりと考えておった」

伊勢屋四郎左衛門の思案、あっぱれであると、いま一度褒めてから奉行を見た。

「伊勢屋四郎左衛門等が提出いたした案件実施に際しては、北町奉行所の所轄といたす」

案件遂行に必要な配慮等の決裁は、すべて北町奉行に委ねると、口頭で申し渡した。

奉行と秋山は、伏して定信の決裁を受け止めた。

寛政六年六月九日、六ツ半。

四郎左衛門の思案を下敷きにして、喜八郎と秋山とで細部まで練り上げた「飢饉救済思案書」実施が動き出した。

とはいえ奉行所組織は、決裁書なしではなにも動き出さない。

喜八郎と四郎左衛門を北町奉行所右筆《ゆうひつ》部屋に招じて、決裁書原案を練り上げた。

原案を読み通したあと、右筆が奉行所用語に翻案し、決裁書を仕上げた。

六月十一日八ッ（午後二時）に、奉行の決裁・押印を得た。右筆も驚いたほどの速さで決裁を得た。

秋山久蔵が本件実行の、特命与力であった。

六

六月十三日は雨降りで夜が明けた。

秋山が作事差配に任命したのは、北町奉行所参番組同心、田所貫太郎《たどころかんたろう》である。田所は喜八郎と同い年で、秋山配下時代の喜八郎を知っていた。

なにしろ本件は奉行直轄案件である。

しかも奉行の背後には松平定信が控えており、案件実施の全権を奉行に与えていた。

奉行は秋山を頭領に任命しており、田所は秋山から実動部隊差配に任じられていた。

決裁がおりた十一日夕刻、喜八郎と四郎左衛門が再び奉行所に呼び入れられた。その席で秋山は喜八郎と四郎左衛門を田所に引き合わせた。

本件詳細を呑み込んでいた田所は、奉行所同心の身でありながら、自分から四郎左衛門に会釈を示した。

そのあとで喜八郎にも、親しみの目を向けた。飢饉騒動勃発を防ぐために、両名が全力を投ずる気でいることへの謝意を示したのだ。

実施細部の検討に入る前に、田所は出納役はだれなのかと秋山に問うた。

「伊勢屋嫡男、悟郎を充てよう」

秋山の言い分には、四郎左衛門が驚きの表情を見せた。秋山は当主にも、心づもりを伝えてはいなかったのだ。

「まこと適役と存じまする」

田所の発言に、喜八郎も同意のうなずきを示した。本件実施の費えは、その多くを蔵前の札差が負担するのだ。悟郎なら札差相手の談判も、巧みに進めることが期待できた。

嫡男を出納役に起用するということは、畢竟《ひっきょう》、四郎左衛門への信任そのものである。

四郎左衛門は秋山を、衷心よりの感謝を込めて、見詰めていた。

「第一回実行評定会は明後日、六月十三日四ツより、千田新田内の会所にて行う」

評定会座長は田所と告げて、奉行所での評定はお開きとなった。

＊

老中も北町奉行も、確かな後ろ盾である。官憲の手伝いがあてにできる布陣で、川越いもがゆ案件は走り出したのだが。

先々に横たわるであろう難儀もかくやと、第一回評定会は雨天で始まった。

川越のいも問屋、野崎屋東助《のざきやとうすけ》。

江戸の下肥首領《しもごえ》、江戸太郎《えどたろう》。

御府内火消し総代、明神鴇蔵《みょうじんときぞう》。

加えて座長の田所、伊勢屋四郎左衛門と嫡男の悟郎、空見の幻案、そして喜八郎である。

「飢饉が表沙汰になるであろう、本年十月初旬までには、ぜひにも御救《おたす》けいもがゆ実施を実現させねばならぬ」

田所は肩の力を抜き、穏やかな物言いで開始の口上を発した。

「これより先は順不同にて挙手し、存分に思うところを発してもらいたい」

田所が言い終わるなり、東助が手を挙げた。

「御救けいもがゆと差配は言われましたが、ただのいもではございません」

柳沢吉保様が奨励された川越いもだと、東助は声を張った。

「今後とも、川越いもがゆと発していただきたく存じます」

吉保じきじきの下命に従い、野崎屋先々代は、いも栽培を小作人に指図した。以来、野崎屋は川越いもの元締めを務めている。

「ただのいもではなく、川越いもと称していただきたいのは、農家の総意です」

日頃から、いも畑の見回りを続けている東助である。日焼け顔を田所に向けて、強い口調で主張した。

東助が言い終わるや、江戸太郎が太い腕を突き上げ、発言の許しを求めた。

江戸太郎は髷は結わず、総髪の後ろを緋色の布で無造作に束ねていた。田所が発言を許すと、江戸太郎は四郎左衛門に目を向けて話し始めた。

「どこのいもでも、食ったあとでひり出して下肥に化けたあとじゃあ、素性なんぞは分かるものじゃありやせん」

大事なのは、いもが美味いかまずいかで、名前じゃあねえんでさと、さらに先を続けた。

「うめえいも作りには、濃い下肥が欠かせねえ……そうでやしょう、野崎屋さん」

「それは、そうです」

東助は渋々の口調で同意した。

「ここの十万坪は、埋め立て地でさ。元禄の昔からの土は埋め立ての底から、海の塩水が、じわじわ染み込んでおりやす」

家を建てるだけなら障りはない。しかし畑にするなら三尺（約九十センチ）は掘り返し、下肥をたっぷりまぜて土を肥やす必要がありやしょう……

江戸太郎の言い分には、座の全員が聞き入っていた。

「あっしはおわい屋でさ。下肥にもできの善し悪しはありやすが」

江戸太郎は東助に目を移して続けた。

「蔵前の下肥じゃなきゃあならねえなんぞは、畑の百姓は言いやせん」

赤筋入りの半纏を羽織った鴇蔵が、目元を緩めてうなずいた。鴇蔵を目の端に留めて、江戸太郎はあとを続けた。

「川越にこだわる前に、美味いいも作りのために、一枚岩となって」

江戸太郎は面々を見回した。

「みんなで汗を流しやせんかい」

「その通りだ」

明神鴇蔵が張りのある声で賛同した。御府内の火消しを束ねる総代である。細身の身体に緩みのないのは、座したままでも見て取れた。

「おれよりはるかに年下だろうに、今日は江戸のかしらにおせえられやした」

鴇蔵は正味でおわい屋を褒めていた。

江戸太郎の言い分には、田所も感心したようだ。

「いもがゆが振る舞われるときは、厳しいことに飢饉が襲来していたことになる」

いまから負に備えて力を合わせることになると、田所は総括した。

「初回の寄合を閉じるに際し、巨額を負っていただく札差を代表して、伊勢屋四郎左衛門殿から、ひとこといただきたい」

田所は四郎左衛門に水を向けた。

四郎左衛門が居住まいを正すと、陪席の悟郎と幻案も正座の足裏を入れ替えて座り直した。

「明神のかしら同様、この場の最年長のわしも、江戸太郎さんにはものを教わりました」

四郎左衛門が名を挙げて褒めるのは、滅多にないことだった。

「この場には若い血が集まっております」

奉行所同心の田所貫太郎殿、損料屋の喜八郎さん、おわい首領の江戸太郎さん、てまえどもの悟郎……四郎左衛門は四人が同い年であることを調べ上げていた。

「田所様のお言葉通り、本件を成し遂げるための費えは、てまえども蔵前の札差が責めを負います」

四郎左衛門は確かな物言いで言い切った。

「あとは若い衆を始めとする全員が力を一にして、かならず本件を成し遂げていただきたい」

四郎左衛門が結ぶと、田所までもが「承知しました」とばかりに、強く深くうなずいた。

野崎屋東助はしかし、ただひとり眉間に縦皺を刻みつけていた。

七

六月十三日は雨だった。

「二十八日までの十五日間で、三尺の土を掘り返してもらう」

千田新田十万坪に、百人の埋め立て人夫が投じられた。深川の埋め立てを請け負ってきた、基礎組への発注だった。

雨の日の掘り返しは難儀だが、そうも言っていられない。

発注は北町奉行所で、堅い相手である。基礎組の現場差配も、並の作業として請け負っていた。

雨降りはうっとうしいが、地べたを緩めてくれる。掘り返しがはかどり、三日目には千田新田の半分まで進んでいた。

雨のなかでも四ツ休みは、いつも通りだ。人夫たちが雨のなかで茶菓を味わっているところに、江戸太郎が汲み取り衆五人を引き連れて現場に顔を出した。

江戸太郎一行は、黄土色の蓑笠《みのかさ》姿である。ひと目でおわい汲み取り人夫だと察した現場差配の圭三《けいぞう》は、ぬかるんだ地べたを蹴り、江戸太郎に近寄った。

「呼んでもいねえのに、なんの用だ」

汲み取り人夫の蓑笠が気に入らない圭三は、号令を発するかの勢いで食ってかかった。

「ここの土を肥やす算段の、下見でさ」

軽くいなされた圭三は、配下の手前もあるのだろう。江戸太郎に詰め寄った。

「掘り返したあと、下肥を流し入れてよう、その穴をおれたちに埋めさせる気か」

差配の凄まじい剣幕を見て、四ツ休み中の人夫たちが、圭三の脇に寄ってきた。

「クソのにおいをばら撒く前に、ここから出てってくれ」

息巻く圭三に……

「北町奉行所の差配様に、確かめたほうがいいと思いやすぜ」

江戸太郎が穏やかな物言いで返すと、圭三は田所の詰所へと駆けだした。

多くの作事現場で同じような成り行きで、汲み取り衆は追い返されていた。

「田所様のご決裁を待ってようぜ」

配下の五人を引き連れて、江戸太郎は詰所の裏手へと回った。

詰所内では、圭三が血相を変えて田所に詰め寄っていた。

「うちで掘り返した三尺の窪みに、田所様はおわいを流し込む気でおいでですか」

「それが掘り返しの障りにでもなるのか」

腰掛けから立ち上がった田所は、圭三を正面から見据えて問うた。

「下肥の詰まった窪みに土を戻すとは、ひとことも聞かされておりやせんでした」

返答を受けた田所は、自分から圭三との間合いを詰めた。

「不服があるなら、三尺の溝を掘り終えたところで、基礎組は御用御免といたす」

即刻作事に戻り、人夫を働かせよと命じた。

「いまは四ツ休みのさなかでやす」

圭三が答えている口を、田所は抑えた。

「四ッ休みなど、わしは聞いておらぬ。基礎組と交わした書面にも、記載はない」

「そんな……四ッ休み、昼休み、八ッ休みは、いちいち文書に書いたりしやせん」

圭三は呆れ顔で返答した。

「掘った窪みに下肥を流すのも、土地を肥やすための作事と記したことで充分であろう」

田所に凝視されて、圭三は後ろに下がった。

「取り交わした文書に従い期日までは、休まず作事に取りかかれ」

「へい……」

語尾を下げて、圭三は詰所を出た。入れ替わるようにして、蓑笠をつけたままで江戸太郎が入ってきた。

「戸の外で聞いておりやした」

江戸太郎は敬いを込めた目で田所を見た。

「穴掘りが仕上がり次第、おわい屋の名にかけて、飛び切り上等の下肥を用意しやす」

田所にこうべを垂れたら、蓑笠に溜まっていた雨粒が床に落ちた。

その日の八ツどき、喜八郎は嘉介と作事手伝いの手立てを検討した。

「富岡八幡宮氏子総代に、力をかりましょう」

嘉介が言わんとするところを、喜八郎は即座に察した。喜八郎は小島屋（町の肝煎りで、与一朗の実家である質屋）を訪れた。

「長い話になりますが……」

四郎左衛門から凶作を聞かされたことから、話を始めた。そして千田新田の土地を急ぎ肥やすため、江戸太郎に手伝いを頼んでいることまで、詳細に話した。

「江戸太郎さんの思案では、三尺の底に下肥を撒いたあと、土を一尺（約三十センチ）もどして軽く踏み固めるそうです」

あと二度、一尺を盛るたびに下肥を撒く。

「基礎組は現場差配の田所様に、不服を申し立ててきました」

「下肥を撒くとは聞いていなかったというのが、その言い分でしょう」

それが基礎組のやり口で、請負い賃を吊り上げる気だと小島屋は見抜いていた。

「田所様は受け入れず、三尺掘るまでが仕事だと申し渡しました」

ここまで聞いただけで、小島屋から先に手伝いを申し出た。

「江戸町民のための手伝いなら、こちらから願い出たいほどです」

埋め返す土の踏み固めには、富岡八幡宮の神輿《みこし》担ぎ衆三千九百人が、代わる代わる出向きますと請け合った。

「千田新田で川越いもが育てば、深川の新しい名物になるでしょう」

小島屋は声をほころばせた。

しかしその川越いもの野崎屋が翌日、またも厄介事を持ち込んできた。

「野崎屋は柳沢様より、じきじきにいも問屋をご裁可たまわりました」

「川越いも」と、なんとしても書き表してもらいたい。

「おわい屋と同席するのは、柳沢様御用をうけたまわってきた野崎屋には受け入れがたいことです」

ふたつを善処いただけぬなら、野崎屋は降りますと、田所に申し出ていた。

野崎屋なしでは御救けいもがゆの実施はできないだろうと、東助は判じていた。

「暫時、待たれたい」

田所は喜八郎を呼び入れた。

十万坪の岸辺で、喜八郎は江戸太郎と先々の段取りを詰めていた。喜八郎は江戸太郎と連れ立って詰所に戻った。

野崎屋からの申し出を聞かされ、考えを求められた。喜八郎は瞬時に返答した。

「いもの代わりはありましょうが、江戸太郎の代わりなどありません」

喜八郎は返答しながら野崎屋東助を見た。

「川越いも総代の畏れ多き野崎屋さんとは、同席するのも気づまりです」

直ちにいも屋を探しましょうと、野崎屋と江戸太郎を前にして喜八郎は答えた。

初回の段取り評定での東助の言動で、四郎左衛門は野崎屋を危ぶんでいた。直ちに悟郎を川越に差し向けた。悟郎は気心の知れた松本屋と、もしものときを考えて話を煮詰めていた。

土地を肥やすのも、後に続くいも栽培も、デコボコはあったが頓挫することはなしに運んだ。

雨降りのあとは、晴天が続いた。

「今年のお天道さまは、なんとも意気地がないわねえ」

洲崎浜の潮干狩り客が相手の茶店も、寒い夏には肩を落として顔をしかめた。

九月下旬には米代が暴騰しだした。同時に悪いうわさがながれ始めた。

「今年は大のうえに大がつく、凄まじい飢饉でよう。江戸中で飢え死にの山ができるぜ」

うわさが御府内に広まり始めたとき、江戸中の読売（瓦版）の売り子が、町々で腰に吊した鈴を鳴らした。

「今日の読売はひとり一枚に限り、ただでいいぜ」

群がった面々は、競い合って読売を売り子から受け取った。

「御救けいもがゆが、十月から始まる」

文字が読めない者のために、大きな挿絵が描かれていた。

湯気の立ち上る大釜から、どんぶり代わりの竹筒に、いもがゆが注がれている挿絵だ。

「米は凶作だが、御公儀は札差に指図して、いもがゆを振舞う段取りを講じている」

御救けいもがゆは、十月玄猪の日から十日間。

うつわ持参なら、いもがゆの盛りがよくなると、どんぶり持参の絵も描かれていた。

「米代が高値となっても、短気な振舞いには及ばぬように」

札差百九軒が力を合わせて、いもがゆ振舞いの費えを負っている……読売はこう結んでいた。

はびこり始めていた悪いうわさを、読売が吹き飛ばした。

＊

嬉しいことに幻案の空見は、佳《よ》き外れ方をした。冷夏は続いたが、今年の越後と信濃の稲は、籾が達者だった。

去年に比しては収穫は減ったが、一割七分の減産に留まった。

定信は江戸市中の米屋に対し、冬を迎える玄猪前に、米価値上げはまかりならぬと通達を発した。

米価の現状維持が難儀ならば、七分積金の取り崩しを容認するとの小文字の一行が、通達に書き加えられていた。

玄猪の前々日、四郎左衛門と喜八郎は北町奉行所からの呼び出しを受けた。

奉行所では奉行居室に案内された。そして奉行みずから四郎左衛門に書状が手渡された。

宛名のない書状だったが、裏には松平定信の署名があった。

「松平様には、ことのほか、そのほうらの働きを多としておられた」

奉行との対面は、呆気なく終了した。

＊

読売で触れた通り、玄猪の日から御救けいもがゆの振舞いが始まった。仲町の辻では江戸屋料理人が、いもがゆ給仕にあたった。

ひとの列は、火の見やぐら下まで延びていた。

秀弥もたすきがけで、すずよと並んで、いもがゆ給仕を受け持っていた。

わっしょい、わっしょい……

御救けいもがゆを祝い、仲町の町内御輿《みこし》が大路を練り始めた。

上背のある喜八郎は、担ぎ手の最後尾で肩を入れて掛け声を発している。

わっしょい、わっしょい……

いもがゆ給仕の台近くで、喜八郎はひときわ高く声を張った。

給仕の手を止めた秀弥の目が、御輿に肩を入れた喜八郎を追っていた。

正月の甲羅干し

一

いもがゆの御救《おたす》けも一段落ついた、寛政六年十一月初旬の江戸。

冷夏だった夏を、いまだ引きずっているのか、江戸は例年になく霜月が凍えていた。

「師走《しわす》もまだだというのに……」

こらえていた咳を抑えきれず、白髪の爺さんは竹ぼうきを握ったまま、身体を折って激しく咳き込んだ。

隣家の爺さんは咳を浴びぬように、身体を離して顔を横に向けた。

咳の治まった白髪あたまは気を悪くした様子も見せず、あとを続けた。

「朝から木枯らしがこうも吹き荒れていては、長屋の路地から土埃が舞ってくる」

言い終えるなり、また咳き込んだ。

米大凶作の傷口がまだ癒えぬ十一月初旬から、江戸市中では町を問わず、いやな咳をする風邪が大流行していた。

「今年の風邪《ふうじゃ》は、ことさらたちがわるい」

町医者は患者の診察もせず、申し合わせたかのように葛根湯《かっこんとう》を調剤した。

「いもがゆだけでは、身体に滋養が行き渡らぬでの。風邪は弱っておる身体にやすやすと居着きおる」

神妙な顔で聞き入る患者に、医者は目の光を強めて続けた。

「葛根湯を服用し、身体に滋養のつくもの、タマゴやニワトリの肝を、腹九分目まで摂りなさい」

滋養をつけるために、肝を煮るときの砂糖と醤油は惜しむなと言い添えた。

江戸中の町医者が、同じ診立《みた》てを口にしたのだ。いきなりタマゴと肝が品薄になった。それにつられて、値段が倍まで跳ね上がった。

醤油も砂糖までも値が上がった。

コホンッとでも咳をしようものなら、周りから一斉に尖った目を向けられた。

凶作が江戸にまた、不景気を引きずってきた。が、寛政元年の棄捐令《きえんれい》に起因する猛烈な不景気風も、江戸庶民は意気と知恵とでなんとか乗り越えてきていた。

師走を控えて、新築普請や修改築などの仕事は次々に生じていた。おかげで江戸の景気を下支えする材木商や大工・左官などの職人は達者だった。

「あのときに比べりゃあ、風邪っぴきぐれえは、どうてえこともねえ」

道具箱を担いで往来を行き来する職人たちは、木枯らしをも弾き返した。

ただひとつ、風邪の流行がひとの振舞いを大きく変えた。

咳する者に近づいたら、風邪がうつる。

江戸中に広まったこの言い分のせいで、だれかれ構わずひとを避けて行き来するようになっていた。

風邪の大はやりで、あおりを食らったのが縄のれんと一膳飯屋である。女房持ちもひとり者も、仕事場から宿に直行する職人が急増したからだ。

「普請場でうっかり咳やらくしゃみでもしようもんなら、たちまち棟梁から宿に引っ込んでろのきついお達しを受けちまう」

職人の実入りは出面《でづら》（日当）である。師走目前のいま、休みを言いつけられては、暮らしぶりに響いてしまう。

「外で呑んで、でけえ声を出しまくってると、おめえの口に風邪が飛び込むぜ」

呑みたければ宿で燗酒をつけろと、棟梁は職人に申し渡した。

「古女房の酌なら、風邪を拾う気遣いはねえ」

そんな次第で縄のれんと一膳飯屋の得意客だった職人の足が、いきなり遠のいた。

客が激減した一膳飯屋の代わりに、だしぬけに客が増えたのが損料屋である。

「七輪の大きなものを」

御府内の損料屋には、七輪を欲しがる客が群れをなした。狭い長屋の路地で、火熾《おこ》しした七輪で調理をするためだ。

喜八郎の店も、様子は同じだった。

「いまごろのお客さんは、火鉢・こたつ・あんかを欲しがるひとが多いのに……」

与一朗の物言いに、めずらしく嘉介もうなずきを示した。それほどに多くの客が七輪を借りたがった。

「やぐら下のおたふく（一膳飯屋）が音を上げるのも無理はありません……」

与一朗はいまでも、五日に一度はおたふくに顔を出していた。客がまばらな土間は、広いだけに客の少なさが際立って見えた。

「与一朗さんて、思いのほか義理堅いところがあったのね……」

律儀に通い続ける与一朗に、おたふくの娘がしんみりとした声をかけた。

「ひとりで呑んでも、呑むそばから酔いが醒める気がしてね……」

与一朗が漏らした重たい声のつぶやきには、離れた卓の客が深いうなずきで応じていた。

＊

客足がパタリと途絶えていたのは、両国橋西詰の軽業《かるわざ》小屋吉田座のほうが、はるかに深刻だった。

小屋とは名ばかりで、吉田座は葦簀《よしず》張りの粗末な造りである。風邪が流行し始めた十一月初旬から、いきなり客が来なくなった。

葦簀張りの隙間からは、気の早い木枯らしがずんずんと吹き込んでいた。

その寒さを我慢してくれた見物客の親子三人全員が、長屋に戻るなり風邪で寝込んだ。しかも七歳の女児おみよが翌日、息絶えた。

吉田座の演《だ》し物は、軽業一家が演ずる「綱渡り」と「いかり足」である。

隙間風の寒さをこらえて見物を続けた七歳女児は、「いかり足」の芸人・あらしに夢中になっていたのだ。

まだ七歳ながら、年の変わらぬあらしに気がいっていた。甲高い物言いで、どうしても行きたいとダダをこねた。

屋根葺き職人のひとり娘おみよは、つい三日前に吉田座で、あらしの「いかり足」を見たばかりだった。

「もういっぺん、見たいよう！」

娘にせがまれた父親は、

「そうまで行きてえなら、今日しかねえ」

明日には屋根が仕上がり、本瓦の屋根葺きが始まる段取りだった。雨こそ降ってはいなかったが、空には分厚い雲が貼りついていた。

木枯らしも朝から遠慮なしである。

「綿入れを羽織るんだぜ」

父親が言っても、娘は強く首を振ってこばんだ。綿入れを羽織ると、せっかくの余所《よそ》行きが隠れてしまう。

おみよはあらしに、紅葉色の余所行き姿を見せたかったのだ。娘に弱い父親は、この言い分も聞き入れた。

晴れ着はあわせだが、内に綿は入っていない。母親は娘の綿入れを持参してはいたが、小屋の内で羽織らせることはできなかった。

ひとり娘を失った父親は、前後の見境までなくしてしまった。

「てめえんところの隙間風のせいで、うちの娘が死んじまったじゃねえか！」

怒鳴り込んできた父親に、小屋主は形ばかりの詫びを言っただけで追い返した。

こんな騒動が生じたときのために、両国橋西詰の小屋主たちは、渡世人を片付け役として雇い入れていた。

父親の騒動はこれで片付いたかに見えた。が、わるい評判が生ずることまでは抑えられなかった。

「七つの女の子を、隙間風が殺したそうだ」

「小屋主は女の子の弔いにも出ず、線香すらあげず仕舞いにしたそうだ」

そうでなくても、吹き荒れる木枯らしを嫌い、吉田座の木戸銭を払う客は激減していた。

女児の死に対するこころない応対がたたり、十一月九日からは、まるっきり客が入らなくなった。

西詰広小路には吉田座のほかに、あと二軒の見世物小屋があった。

あらしと兄のたけしによる「いかり足」は、三軒のなかでも図抜けた人気だった。しかし吉田座への反感が強く、客足が途絶えた。

小屋主は、どこまでも非道な男だった。

「客がまるで入らないのに、あんたらを抱えておく意味も義理もない」

今日を限りに小屋から出て行けと、あの渡世人を脇に立たせて解雇を申し渡した。

軽業一家の長、渡りの渡市《といち》にも家族のだれにも、何ら咎めを受ける覚えはなかった。

が、小屋主の非道ぶりはおみよの一件で充分に承知していた。

渡市四十三、女房かすみ三十五。

長男たけし十七歳を筆頭に、末娘さくら四歳まで、八人の子を授かっていた。

四歳のさくらも、軽業一家には欠かせないひとりで、役も担っていた。

小屋主と揉め事を起こしたところで、渡市一家に得るものはなかった。

「荷物すべてを荷馬車に積んで、今日中においとまします」

渡市がまったく争わないのを見て、小屋主は拍子抜けしたような顔になった。

焦点の定まらない眼を渡市に向けながら、あれこれ思案を巡らせていた。

不意に、あることに思い当たったらしい。急ぎ手文庫に近寄り、小判を数え始めた。

十両を数えてから、渡市の前に戻った。そして剝き出しの小判十枚を手切れ金として渡市に突き出した。

「いただきます」

素直に受け取った渡市を睨みつけた小屋主は、太めの身体で間合いを詰めた。

「断っておくが……」

渡市を凝視した小屋主のどんぐり眼が、ひときわきつい光を帯びていた。

「あんたらがここを出たその足で、他の二軒の小屋主に売り込むという甘い思案は、長生きしたけりゃあ、考えねえことだ」

芸人が守る義理を忘れるなと凄んだ。

土間を踏みつけている小屋主の雪駄が、堅い三和土《たたき》にめり込んでいるかに見えていた。

二

十一月十一日、五ツ半（午前九時）を大きく過ぎたころ。札差《ふださし》の米屋政八は、例によってセカセカした歩みで、両国橋西詰広小路へ向かっていた。

今日はひときわ木枯らしが強かった。が、正面から吹き付けられても政八は怯まず、軽業小屋吉田座を目指す。

北風に備えて下着は重ね着していたし、襟巻きも厚手を重ね巻きにして、備えは万全だった。

しかし余りにも北風が強すぎた。思わず茶店の軒下に入り、風をやり過ごそうとした。

米屋を出てまだ幾らも過ぎていないと思っていたが、回向院が四ッ（午前十時）を撞《つ》き始めた。

とはいえ軽業の始まりは四ッ半（午前十一時）で、まだ半刻（一時間）の間があった。

吉田座までは、残り数町でしかない。吹きさらしも同然の小屋で待つよりは、茶店で熱々の焙《ほう》じ茶と串だんごを味わいつつ、四半刻（三十分）を過ごすほうがいい……

そう判じた政八は、茶店ののれんを潜った。夏場は外の毛氈《もうせん》敷きの縁台を使う。

しかし木枯らしの舞ういまは、内の土間で茶菓が供された。

「いらっしゃいまし」

割烹着姿の婆さんは、声を弾ませて政八を迎えた。馴染み客でもなかったが、どうやら政八が口開けらしい。

奉公人多数を抱える札差稼業だが、米屋とて客商売だ。口開けは、その日一日の商いを左右する大事な客なのは承知だった。

「熱々の茶を土瓶でと、ひとまずだんご一皿をもらいましょう」

土瓶の茶を注文するのは上客だ。

「ありがとう存じます」

ひときわ明るい声を残して、婆さんは流し場に引っ込んだ。

茶菓を楽しむ前に、まずは一服だ。煙草盆には種火が用意されていた。キセルに詰めた一服を吹かしながら、先日の午後に大田屋《おおたや》当主と交わした話を思い返した。

*

大田屋金右衛門《きんえもん》は同業の札差である。所帯も米屋とほぼ同じで、当主金右衛門は政八と同い年だった。

加えて政八も金右衛門も、こども時分から軽業見物が大好きだった。いまに至るもふたりとも、両国橋の軽業小屋通いを続けていた。

その金右衛門が三日の午後、久々に米屋に顔を出した。

「うかつにも知らなかったが、九月から吉田座の演し物が変わっていた」

あんた、知ってたかと問われた政八は、強く首を左右に振った。

政八や金右衛門に限らず札差百九軒はどこも、十月末までは未曾有の米凶作への対処に追われていた。

政八が知らなかったことで気をよくした金右衛門は、新たな演目の話を始めた。

金右衛門が吉田座の話を聞かされたのは、十一月二日だった。

「綱渡りも跳び箱もあるらしいが、なかでも男児ふたりのいかり足というのが飛び切りの見ものだそうだ」

「どんな軽業かね、いかり足というのは」

聞いたことのない演目だったがため、政八はキセルを置いて前のめりになった。

「わたしも詳しいことは聞かなかったが、なんでもさくら組という名の、軽業一家の演し物ということだ」

金右衛門から聞かされたのは、十一月三日だった。十日の締め日までは、どの札差も大忙しである。

「十一日に、一緒に見物に行こうじゃないか」

話が決まり、十一日の今朝を迎えたら、開店の五ツ（午前八時）早々に、大田屋の手代が米屋に出向いてきた。

「あるじもはやりの風邪で、寝込んでしまいましたもので……」

今日の見物は失礼させていただきたくと、ていねいな詫びを口にした。

「どうかお大事に。今年の風邪はタチがよくないと聞いていますので」

手代を帰したものの、政八はひとりでも吉田座に出向くつもりだった。

一家総出の軽業を観たかったし、聞き慣れない「いかり足」をぜひ観ておきたかった。

店の者の手前、軽業見物で風邪などひけはしない。温かな下着を重ね着した。吉田座は隙間風がひどいと承知していたからだ。

嬉しいことに茶店の婆さんが供してくれたのは、舌がやけどしそうなほどに熱々の、しかも煎りたての香ばしい焙じ茶だった。

分厚い湯呑みに土瓶から二杯の茶を注いでも、まだ茶はたっぷり残っている。

北風にいたぶられた身体の芯まで、婆さんの茶は暖めてくれていた。

＊

「大層、気持ちのいい呑みっぷりですこと」

三杯目を呑み終えたとき、婆さんが政八に話しかけてきた。土瓶の茶を底まで平らげてくれる呑みっぷりを、喜んでいた。

「あんたの煎り方が見事だから、つい三杯目まで呑ませてもらった」

これから隙間風のきついとこに出向くゆえ、茶が暖めてくれたのはありがたいと、政八は正味の物言いで熱々だった茶を褒めた。

「隙間風がきついところとは、回向院さんにでもお参りなさいますので？」

宗派を問わない回向院の本堂では、毎日のように法要が執り行われている。あの本堂なら隙間風どころか、吹きさらしも同然だった。

「いやいや、そんな殊勝なことじゃない」

羽織のたもとから小銭入れを取り出した政八は、小粒銀一粒を摘まみ出した。今日の銭売り相場で六十六文相当である。

「お茶もだんごも、飛び切りの美味さだ」

釣りは気持ちだと告げて、婆さんに小粒銀を握らせた。

「口開けから、大層な景気づけをいただきました」

婆さんは気持ちを込めて、身体をふたつに折って礼を示した。元に戻したとき、婆さんは往来の様子を見てから口を開いた。

「一段と木枯らしが強くなっていますが、隙間風がきついという先は……」

心付けが利《き》いただけでもなく、婆さんは本気で政八の身を案じていた。

「余計な気遣いをさせて申しわけないが」

政八は小銭入れをたもとに戻し、襟巻きを締め直しながら言葉を続けた。

「出向く先は、あたしの道楽でね」

吉田座に軽業を観に行くのだと、決まり悪そうに明かした。聞いた婆さんが、いぶかしげな目になった。

「吉田座というのは西詰広小路の、あの吉田座のことですか？」

「ほかに吉田座はない」

ついぞんざいに応えた政八に、婆さんはさらに顔を曇らせて問合いを詰めた。

「つい先日、吉田座が小屋を閉じたのを、お客さんはご存知ないのですか」

「なんだって！」

思わず発した素《す》っ頓狂《とんきょう》な声は、いつもの政八のものだった。

「なんでも十一月初旬に……」

子細を話す気になったらしい。婆さんは政八に縁台を示し、本人も脇に並んで座した。驚き顔の政八をひと目観てから、婆さんは聞き及んでいる限りを話し始めた。

「今日のように、その日も気の早い木枯らしが広小路を吹き抜けていたそうです」

あらしの技に夢中になった七歳の女児が、父親にせがんでふたたび見物に出かけた。あいにく、その日はさらに北風が強かった。

「親子三人とも風邪をひいて寝込んだそうです」

「今年のは、ひときわ始末がわるい」

襟巻きをもう一度きつく合わせて、政八はあとの子細を婆さんに促した。

「両親は平気だったんですが、七歳のひとり娘はいきなり次の日に命を落としました」

弔いの支度を調《ととの》える前に、屋根葺き職人の父親は小屋に怒鳴り込んだ。が、風邪ひきの責めを負う気などない小屋主は、雑な対応で職人を追い返した。

「いかにもやりそうなことだ」

即答したものの、政八の口調は小屋主を咎めてはいなかった。

政八は渡世人を脇に置いて職人と向き合う小屋主のやり口は、無理もないと思っていた。

客の中にはいちゃもんをつけ、小屋主から金品をせしめる者もいるのを承知していた。

寛政元年の棄捐令から、はや五年。札差の顧客は、いまも御家人と旗本である。

借金帳消しを札差に強要したことなど、武家はすっかり忘れていた。しかもまたもや追い貸しをと凄む、蔵宿師《くらやどし》を差し向ける武家も少なからずいた。

わるにはわるによる応酬が必須。これが札差の対処手段である。

米屋もそうだが札差は腕力自慢の対談方《たいだんかた》を雇い、蔵宿師に立ち向かわせていた。

小屋主が渡世人を脇に置いて屋根葺き職人と向き合ったわけは、政八には呑み込めた。

「しかし小屋を閉じるのは、騒動が鎮まるまでのいっときのことだろうに」

政八の物言いは、小屋主の肩を持つように聞こえたらしい。婆さんは不意に立ち上がった。そして目つきを尖らせた。

「吉田座の小屋主は人でなしです」

婆さんはすっかり、政八が吉田座の小屋主と知り合いだと勘違いしたようだ。物言いも吐き捨てる口調を隠さなかった。

「綱渡りやら、いかり足やらで、あれだけ評判をとっておきながら、なんの咎もない軽業一家十人を、この木枯らしのなか追い出したんですからね」

一気に言い終えるなり婆さんは、このうえ政八に話すことはないとばかりに、下駄を踏み鳴らした。

ここに至り政八もようやく、婆さんの勘違いに気づいた。

「あたしは評判の、いかり足を観たくて出向いてきただけで、小屋主とは一切、かかわりがない」

婆さんの勘違いを強い口調で正した。

「あらいやだ……ごめんなさい」

婆さんが詫びると、ひときわ木枯らしが強さを増していた。

得体の知れないはやり病いのせいで、ひとは誰に限らず短気になっていた。

ゆえに辛抱がきかないし、疑ぐり深い。

「ひとの情けは、木枯らしに吹かれたら飛び散ってしまうほど、薄っぺらだったのかねえ……」

婆さんのため息までも、舞い込んできた風が運び去っていた。

三

両国橋西詰の大川端には川下に向かって、料亭の自前桟橋が連なっている。

茶店の婆さんから聞き取った子細を思い返しつつ、政八は大川端を目指していた。軽業一家が料亭・高砂《たかさご》の好意で、桟橋周辺に居着いていると聞かされたからだ。

「軽業に使う大道具も小道具も、家財道具ともども荷馬車に積んで運んだそうです」

軽業小屋に近い土地柄、婆さんは「さくら組」の細かなことまで耳にしていた。

大川に近づくにつれて北風は背中に回って、政八のせかせか歩きを押していた。

高砂は米屋の得意先だ。先代政八と高砂先代女将《おかみ》とが昵懇《じっこん》だったことで、三十年の長きにわたり米を納めていた。

政八は川端には向かわず、先に高砂の仲居頭かすみを訪れた。軽業一家に桟橋を使わせていることの、本当の子細を聞き取るためである。

「こんな寒空のなかをお見えになるとは、なにかございましたので？」

料亭は夜の遅い稼業だ。世間では昼餉《ひるげ》の支度の真っ只中だが、政八に向けたかすみの目には、夜の帳場で見せる冴えはなかった。

「広小路手前の茶店で聞かされたが」

婆さんの言い分をそっくり、かすみになぞり返した。

「あたしはこども時分からの軽業好きなのだが、吉田座が小屋仕舞いだとは……」

まだ政八の物言いの途中で、かすみが割って入ってきた。

「うちの女将が気の毒がって、軽業一家に、桟橋の空き地を用立てたんです」

師走に入るまでは、客足も少ない。その期間だけでもと、女将は軽業一家に桟橋の空き地五十坪を無償で貸したという。

「一家のおっかさんも軽業をやりますが、名前がわたしと同じかすみさんだったので、女将が大喜びされまして……」

かすみから子細を聞き取った政八は、ひとつの思案を口にした。

「米蔵を新設する土地が、いまは更地のまま二百坪あるんだ」

桟橋の空き地が師走限りでは、一家も気が気ではないだろうと、胸中に言い及んだ。

「うちは一年ほどなら、米蔵普請を先延ばしにしてもいい」

高砂さえ承知なら、北風は強いが晴れている今日にでも、天王町に移ればいいと、考えをかすみに明かした。

「米屋さんでしたら女将も大安心です」

すぐさまかすみは政八の申し出を、女将に伝えに奥に引っ込んだ。間をおかず、女将が政八の前に出てきた。

「なにしろ十人の大家族に加えて、軽業の道具に荷馬車、馬まで一頭いるものですから」

米屋が引き受けてくれるなら、これ以上の安心はないと安堵した。

「それなら女将、善は急げです」

政八はかすみの案内で、川端の桟橋へと急いだ。石段を下り始めたとき、回向院が正午の鐘を撞き始めた。

川端では昼餉の支度もせず、両親とこども八人が輪になり、乾布摩擦を続けていた。

軽業は達者な身体があればこその芸だ。毎日、休むことなく四十三歳の渡市から四歳女児のさくらまで、メシを食うこと以上に身体の鍛錬を大事としていた。

かすみが輪に近寄ると、渡市が動きを止めた。号令もなかったが、全員が父に従い動きを止めた。

渡市とかすみが、高砂のかすみに近寄った。

「あちらのお方は天王町の札差、米屋ご当主の政八さんです」

輪の外に立っている政八を手で示したあと、高砂のかすみは次第を聞かせた。

「ありがとうございます」

渡市が心底から口にした礼は、政八の耳にも確かに届いた。子細を聞き取ったあと、渡市は女房とこども八人を従えて、政八の前に進んできた。そして長男から四女までを自分の背後に整列させた。

「てまえがさくら組座長で、綱渡りが持ち芸の渡市と申します」

渡市はまるでお店者のような物言いで、自己紹介をした。

「米屋政八です」

政八が名乗ったあとは、さくら組の面々がみずからの口で自己紹介を始めた。

「渡市の連れ合い、かすみです。まり転がしも受け持っています」

かすみのあと、長男が前に出た。

「長男たけしで、いかり足の台役です」

十七歳のたけしは上背があった。裸の上半身は肉置《ししお》きが引き締まっており、身体の半分以上が長い脚だった。

「次男てつおです」

「三男としおです」

次男と三男はともに大工で舞台作りから小道具作りまで受け持っていた。裸体の上半身はふたりとも、長兄以上に腕が太かった。

「四男あらしで、いかり足の飛び役です」

ここまで黙して聞き入っていた政八が、初めて口を挟んだ。

「まことに面目ないが、あたしは軽業大好きと言いながら、いかり足をまるで知らない」

どんな技なのか、かいつまんで教えてもらいたいと頼んだ。

高砂のかすみも知らないようだ。政八の脇に並びかけて説明を聞きたそうにした。

「口ではなく、この場で観てもらいましょう」

渡市の目配せで、こども全員が動き始めた。

たけしとあらしは脚にぴったりだった股引《ももひき》を脱ぎ、拵《こしら》えのゆるい股引に穿き替えた。

上半身もおなじ作りの、身幅がゆるくて派手な色味の上着に袖を通した。

政八が目を凝らしたのは、兄弟の履き物だった。見た目は足袋《たび》だが、たけしもあらしも、足袋底が足裏の寸法の二割増しに見えた。

どうしてそんな足袋底なのかと訊きたかった。が、軽業を観れば分かると、政八は思い留まった。

大工の兄ふたりとともに、女児四人がいかり足に使う台を運び出してきた。空き地の中央部に据え置かれたあとは、たけしが台に近寄った。台には巨大な背もたれが取り付けられていた。

たけしは背もたれの奥深くに腰を下ろした。大工のてつおとでとしおが背もたれの両側を下向きに押した。

深く座っていたたけしの頭部が、背もたれの下部に落ち、長い脚が上に突き出された。

運んできたのはたけしを逆立ちさせて、脚を突き上げさせる台だった。

脚の動きが自在となったのを確かめると、たけしは胸元まで脚を曲げた。

低くなった兄の足裏めがけて、あらしは飛び乗った。しっかり受け止めた兄は、脚を元の位置にまで引き上げた。

長い脚が直立したら、あらしの身体が地べたから五尺（約一・五メートル）の高さまで持ち上がっていた。

兄の足裏に乗ったあらしは、両腕を左右一杯に広げた。いかり足の始まりである。

政八も高砂のかすみも、息をするのも忘れて兄弟に見入っていた。

末娘のさくらが、威勢をつけて小太鼓をバチで叩き始めた。さくらに合わせて、三女のふじが鼓を打った。

この鼓がきっかけとなり、あらしは兄の足裏を土台として連続宙返りを見せた。

「うわっ！」

甲高い声を漏らした政八の脇で、高砂のかすみが激しく手を叩き喝采した。

さくらの小太鼓、ふじの鼓の打ち方が、ともに速くなった。その調子に合わせて、あらしの宙返りもぐんぐんと回転速度を増した。

どれほどあらしの動きが激しく速くなろうとも、たけしが突き上げた脚は、びくとも揺れずである。

たけしの足裏がよれたりすれば、あらしが着地できなくなる。

たけしは弟のために脚を固定している。

あらしは兄を信頼して、回転速度をさらに上げていた。

妹ふたりは兄たちの調子を取るために、懸命に小太鼓と鼓を打ち続けた。

その小太鼓と鼓がじわじわと、叩き方をゆるくした。

タンッと鼓が仕舞いのひと打ちをしたとき、あらしは兄の足裏で静止。両腕を突き上げて見得を切ったあと、政八を見詰めて胸元で合掌した。

生涯で初めて味わった極限までの興奮に、身体の芯を貫かれたのだろう。立っていられなくなった政八は、年甲斐もなくその場にへたり込んだ。

存分な間をおいて、渡市が政八に近寄った。そして右手を差し出し、相手を立たせた。

立ち上がった政八の前に、こどもたちがまた勢揃いした。たけしとあらしは、いかり足の衣装を身につけたままだった。

こども八人と渡市、かすみの目が、政八を見詰めていた。

高砂のかすみも、いまではこども八人の後ろに移り、政八を見ていた。

「米屋の空き地は二百坪どまりだが、さくら組の稽古場と住まいには足りるはずだ」

話し始めた政八の声には、札差当主ならではの重み、威厳が加わっていた。

「向こう一年、だれに気兼ねすることなく、存分に使ってもらいたい」

こども八人の目が喜びの光を宿した。そんなこどもたちを見て、政八は続けた。

「うちは札差で、今年のひどい飢饉をも乗り越えてきたんだ」

政八はこどもを見る目元を緩めた。

「おまんまは、どれほど食おうが心配無用だ」

政八が結ぶと、こどもたちの拍手と歓声が沸き上がった。大川の真上を飛んでいたみやこどりが、羽ばたいて調子を合わせた。

空き地の隅につながれた荷馬車引きのあしげも嬉しいのか、ブヒヒーーンといななきをくれていた。

四

毎月下旬に米屋を訪れて、政八から商いの様子を聞き取ること。

同時に柳橋たもとの柳茶屋にて、喜八郎当人が米屋のうわさ、評判を聞き取ること。

これが先代政八と喜八郎とが交わした約定だった。

先代が没してすでに久しい。柳茶屋はすでに二代も代替わりしていた。が、この茶店が札差のうわさのるつぼであることに変わりはない。ないどころか、うわさを聞きたいがため、焙じ茶一杯十二文を惜しまぬ客で二六時中、繁盛していた。

寛政六年十一月二十一日、五ツ半。霜月の訪問の手順として、喜八郎は柳茶屋ののれんをくぐった。

雨なしの日々が続いている江戸では、わずかな北風でも土埃が舞った。

「たかだか三町（約三百三十メートル）を歩いただけで、口のなかがざらざらだ」

修繕が行き届いているはずの日本橋室町ですら、南北に長い室町大路を行き来する手代は、店に戻るなり真っ先にうがいを忘れなかった。

しかし柳橋河岸から蔵前天王町につながる道は、すべて石畳だ。

米俵満載の荷車の行き来を滑らかにするため、札差百九軒が費《つい》えを負って仕上げていた。

柳茶屋の客は札差に出入りする商人や職人ばかりだ。出入り先をわるく言う声は、ここでは皆無だった。

「当節じゃあ風が吹けば儲かるのは桶屋じゃあなしに薬屋だてえが、石畳の蔵前じゃあ通用しねえ。よその町のざれごとだ」

「目を傷める土埃が舞わねえってか」

冬場になれば札差出入りの職人たちは、決まり文句のように石畳を自慢した。その続きで、大路修繕の費えを負う札差を褒めた。

ところが今年の霜月は様子が違った。

「米屋てえのは所帯は小せえのに、あるじの政八てえひとは大店顔負けだぜ」

猪牙《ちょき》舟《ぶね》の船頭が政八を褒めるなど、かつてなかったことだ。喜八郎は煎られていない番茶をすすりながら、耳を澄ませた。

あの政八さんが……

思えば柳茶屋で政八を称える声を聞いたのは、これが初だった。いつになく佳《よ》き気分で一杯多くの茶を味わい、柳茶屋を出た。

米屋に行き着くと、胸を張り気味の小僧に迎えられた。さくら組に示した政八の男気は、米屋奉公人のだれもが自慢だったのだ。

政八の居室で向き合った喜八郎の耳には、小太鼓と鼓の稽古の音が流れてきた。

「このたびの政八さんには、先代も喜んでおいででしょう」

喜八郎も言葉を惜しまず、政八を称えた。

「うちにいる限り、こども八人の口を案ずることはない」

喜八郎を前にして、政八は胸を張ってさらに続けた。

「できることなら、あの者たちに得意技を披露する、軽業興行を、江戸のどこかでやらせてやりたい」

金高に限りはあるが、手伝いと費えの拠出は惜しまないと、強い口調で言い切った。

政八の自慢話を、喜八郎は窪んだ目を緩め気味にして聞いていたのだが……

「小屋主から受け取った十両の手切れ金にも、できる限り手はつけさせないつもりだ」

政八がここに言い及んだ刹那。

「軽業一家は小屋主から、十両の手切れ金を受け取ったのですか」

目の奥を光らせた喜八郎は、子細の説明を求めた。そのあとさらに政八の居室に、渡市を呼び寄せた。

そして手切れ金受け取りの子細を、渡市当人から聞き取った。

「十両の受取（領収書）には名前を書き、爪印を遺されましたか？」

「ありがたいおカネでしたから、小屋主さんの言われるままに爪印も押しました」

問われたことに答えた渡市は、目の動きが落ち着かなくなった。

「なにか不都合でもありますので？」

「なにが言いたいのだ、喜八郎」

政八は食ってかかった。渡市の前で面子《メンツ》を潰されたと受け止めたのだ。

政八には応えず、喜八郎は渡市を見た。

「米屋ご当主がここまで男気を示されているのも、さくら組の技が秀でているからに違いありません」

喜八郎が話している間にも、稽古に励む音は続いていた。

「ご当主と念入りに相談を重ねたうえ、さくら組が立ちゆけるように道筋を調えます」

政八の面子を気遣いつつ、渡市に告げた。

「存分に稽古に励んでください」

安堵顔に戻った渡市を下がらせた喜八郎は、政八との間合いを詰めて向き合った。

「強欲かつしたたかな小屋主が払った十両の受取には、かならず仕掛けが隠されているはずです」

「なんのことだ、仕掛けとは」

上機嫌だった政八が、いつものように口を尖らせた。

「軽業好きの政八さんが、一家を引き取って世話までされている軽業一家です」

技量はさぞや抜きんでているでしょうと、政八に問うた。

「あれほどの技は、江戸一番だ」

政八は我がこととばかりに胸を張った。

「見物客が押しかけやすい場所での興行なら……」

喜八郎に覆いかぶさるかのように政八が割り込んだ。

「連日の満員札止めは間違いなしだ」

政八が胸を反り返らせると、喜八郎が静かな物言いで考えを示し始めた。

「爪印を押した受取には、炙り出し文字が仕掛けられているのが、渡世人稼業では常道です」

同心時代の喜八郎は、蔵宿師や対談方がからんだその手の受取事例に、幾度も接していた。

「さくら組が人気を博すなり、小屋主は訴え出るぞと脅しにかかります」

そして木戸銭のほとんどを、生きている限り巻き上げられ続ける羽目になる。

「興行の始まる前に、小屋主との談判は必須です」

喜八郎に見詰められた政八は、怒りで上気した顔で睨み返した。

「そんなことは、おまえの妄想だ」

口も目つきも尖らせて、政八は食ってかかった。しかし喜八郎の窪んだ目に見詰め返されるなり、吐息を漏らして口を閉じた。

「渡市さんが十両を受け取ってから、すでに十日以上が過ぎています」

政八がさくら組を引き取った経緯も、小屋主はしっかり見届けている。

「小屋主は渡世人も同然です」

喜八郎の両目が強い光を帯びた。

「渡世人は下心なしには、一両のカネも出しません」

いまは札差がさくら組に、どっぷりとかかわっていた。

「渡世人には政八さんは、願ってもない強請《ゆすり》の標的です」

ずばり言われて、政八は青ざめた。

「一刻も早く片付けるために、伊勢屋四郎左衛門さんの力を借ります」

「うぐぐ……」

顔をしかめたものの政八には、喜八郎の動きを止めることはできなかった。

「伊勢屋さんに出向く前に、軽業の稽古を見ておきます」

案内を頼まれた政八は、つい今し方までの不興顔も忘れて先に立った。

裏庭ではたけしとあらしが向き合って、身体をほぐしていた。

小太鼓も鼓も、いまは音が止まっていた。庭の奥に繋がれたあしげに、さくらとふじが飼い葉の世話をしていたからだ。

喜八郎の姿を見るなり渡市が、なにごとなのかと駆け寄ってきた。喜八郎を抑えて、政八が渡市と向き合った。

「面倒をかけてすまないが、喜八郎にいかり足の稽古を見せてやってほしいのだが」

「稽古に障りがあるなら、あとで出直します」

喜八郎の物言いから渡市は、軽業に対する衷心よりの敬いを感じたようだ。

「ふたりに確かめます」

させますではなく、確かめますと応じた。たとえ息子であっても、稽古を始めるか否かは当人たち次第との敬いがあった。

渡市の態度に接しただけで、喜八郎はさくら組が真の本物だと確信できた。

やがてさくらとふじも加わり、あのいかり足が喜八郎の前で披露された。

鼓が止めを打ったとき、喜八郎は身体を深く折って敬意を表した。

＊

「米屋の浅慮はいまに始まったことではないが、札差すべてにかかわる大事だ」

四郎左衛門の動きは素早かった。

「わしに同行してもらおう」

喜八郎を伴い、天王町と隣町の町境に構えられた、地味な造りの仕舞屋《しもたや》に出向いた。

表札もない平屋だが、仕舞屋を囲う板塀から地所は百坪以上あると喜八郎は判じた。

板塀に設けられた木戸をくぐった先に、格子戸の玄関が構えられていた。

木戸の上部には鈴がついている。四郎左衛門が木戸を押すと鈴が鳴った。

四郎左衛門と喜八郎が玄関前に立つと同時に、若い者が内から格子戸を開いた。

上品な所作ながら目の配りに寸分の隙もない男だ。ところが。

四郎左衛門を見て、若い者は驚愕した。

四郎左衛門当人が前触れもなしに出向いてきたことに、うろたえたらしい。

「都合も訊かずに押しかけてきたが、御大につないでもらいたい」

「承知しやした」

若い者は貸元の都合も確かめず、客人ふたりを招き入れた。四郎左衛門の重さが分かる、飛び切りの扱いだった。

案内された客間は、内庭に面した二十畳間である。相変わらず木枯らしが強く、障子戸は閉じられていた。

四郎左衛門と喜八郎が座敷の真ん中に座すなり、火の熾きた手焙《てあぶ》りが運ばれてきた。間をおかず、貸元が顔を出した。寒椿が描かれた黒地のあわせ姿の女が、貸元の先導役だった。

四郎左衛門と向かい合わせに座すなり、貸元にも手焙りが運ばれてきた。が、客人にも貸元にも、茶菓が供される気配はなかった。

不意の四郎左衛門の訪問を受けて、尋常な用向きではないと貸元は判じていた。

「天王町の御大」が、貸元の呼び名だ。しかし御大と呼びかけられるのは、四郎左衛門ほか一握りに過ぎなかった。

武家が雇った蔵宿師とやりあう対談方は、全員が素手で太刀と向き合える強者だ。そんな対談方を束ねるのが御大だった。

四郎左衛門のつなぎで喜八郎はこの日、初めて御大と向き合った。そして相手から目を逸らさず、渡市と吉田座小屋主とのやりとりと、政八がさくら組を引き取るまでの顚末を余さず聞かせた。

聞き終えたところで御大は茶菓を言いつけた。寒椿の女が三人分を運んできた。

「私欲もなしに十人もの軽業師と馬一頭を引き取るとは、米屋も大した男だ」

まずは政八を褒めた。四郎左衛門も喜八郎も、同意のうなずきを示した。

「惜しむらくは脇の甘いところだが、小賢しい男でないがゆえ、あんたも……」

御大は喜八郎に目を移して、さらに続けた。

「米屋のご当主の、陰の知恵袋役を続けているらしいな」

御大は政八と喜八郎との間柄を、詳しく聞かずとも看破していた。

目を四郎左衛門に戻した御大は、短い言葉で引き受けた。

「吉田座の次郎吉《じろきち》は、肝もきんたまも小さいのに、欲だけは底知れず深い男だ」

御大は次郎吉という名を吐き捨てるように言った。

「今日にでも若い者を差し向けて、受取など一切を始末しておく」

言い終えたあと、御大はまた喜八郎に目を合わせた。

「興行主には札差の米屋さんが座るでよろしいな？」

「それに相違はございません」

喜八郎がていねいな物言いで応ずると、御大は承知とうなずいた。

四郎左衛門が謝意を示すと、御大はまた喜八郎に目を戻した。

「首尾良く小屋が建ち上がったら、初日にはわしにも、その……いかり足を観させてくれるか？」

「さくら組の座長に、かならず申し伝えます」

安請け合いしない喜八郎の目を見ながら、御大は小さくうなずいていた。

五

霜月二十二日には御大の差配で、吉田座手切れ金の後始末が完璧に仕上がった。

翌二十三日四ッ半に御大からの呼び出しを、配下の若い者が米屋に届けてきた。喜八郎は米屋に逗留していた。

四郎左衛門に陪席して、御大に力添えを頼みに出向いた場で喜八郎は……

「軽業師は季節の寒暖も天気の晴雨も問わず、一日とて稽古は休まないそうです」

渡市から聞かされたままを、御大に明かした。

「一日休めば、取り戻すのに二日を要するといいます。朝飯後の五ツから四ッ半まで、ことさら念入りな稽古を続けると聞かされました」

四ッ半から昼餉の支度。食休みのあと、午後は八ッ（午後二時）から七ッ（午後四時）まで、みっちり稽古を続ける。

「四歳のさくらも年長の兄姉と一緒に、稽古を続けています」

喜八郎も一家の稽古ぶりを、わが目で確かめていた。あの折の御大は軽業稽古の子細も、さくら組についても、初耳という顔で黙したまま聞いていた。

喜八郎はしかし、御大は先刻承知ではないのかと、胸中でいぶかしがりながら続けた。

御大は政八・渡市・喜八郎に招集をかけていた。四郎左衛門を外していたのは、政八の面子を考えてのことだろう。

四ッ半の呼び出しも、稽古の休みを配慮しての指定だと喜八郎は察していた。

三人が出向いたとき、御大はすでに座について待ち受けていた。

「これはあんたのものだ」

吉田座次郎吉から回収した十両の受取を、御大は渡市に差し出した。

「あとは燃やすなり千切るなり、好きにすればいい」

御大は濃い眉をおどけるかの如く上下に動かして、渡市を安心させた。

三人が声を重ねて礼を言うと、御大の目の焦点が政八に絞られた。

「手早く一家の住まいはもとより、荷馬車も納まる馬小屋まで構えた米屋さんは、大したお方だ」

配下の若い者は二百坪の空き地子細を、見取り図に仕上げて御大に提出していた。

「それを承知で言わせてもらうが、いまの空き地に軽業小屋は建てられない」

米屋に限らず、蔵前界隈には小屋を普請できる土地はないと御大は断じた。

「米屋さんのところで十人が日々、身体を鍛えているのも、畢竟《ひっきょう》、それは興行で見物客をうならせたいがための修練のはずだ」

御大の眼光を正面から浴びた渡市は、力強いうなずきで応えた。

「この先、一日も早く取り組むべきは、軽業小屋を普請できる土地の手当だ」

御大の目が喜八郎に移った。

「深川の富岡八幡宮には、勧進相撲の興行地所もある」

喜八郎は御大の言い分を、背筋を伸ばして受け止め、口を開いた。

「広大な境内には、氏子総代との談判次第で使える地所は、幾つもあります」

御大を見詰めたまま答えているうちに、喜八郎にひとつの思案が浮かんだ。

「今年は間もなく終わる霜月のあとに、もう一度閏《うるう》霜月が挟まっています」

閏月が挟まることで、十一月を二度過ごすことが決まっていた。

「ひどかった凶作の爪痕は、いまだ癒えてはいません。しかも凶作に追い打ちを掛けるかのように、飛び切り始末のわるい風邪が大はやりという世の中です」

しかし……と、喜八郎は語調を変えた。

「閏霜月のおかげで今年は一ヵ月が先延ばしされたも同然です」

いつもならば一月の時期に、寛政六年の師走入りとなります、と分かりきっていることだが喜八郎は構わずに続けた。

「師走のあとの寛政七（一七九五）年は……」

喜八郎は羽織のたもとから寛政七年の、道中暦を取り出した。当年と翌年の折り畳み道中暦を、喜八郎は常に携行していた。

「平年なら二月十九日、つまり来年は立春を過ぎて迎える元日から一年が始まります」

ここまで聞かされた御大は得心顔になり、喜八郎の思案を読み解いていた。

「富岡八幡宮の氏子総代と掛け合い、新春軽業興行を催そうということか」

「お察しの通りです」

喜八郎が深くうなずくと、渡市の顔つきが一気に明るくなった。渡市もまた、喜八郎の思案を呑み込めたらしい。

ひとり政八だけが、ひどくしかめた顔を喜八郎に向けて、頬を膨らませていた。

御大は喜八郎にうなずいた。そして政八に思案の肝を明かすようにと、目で促した。

「寛政七年を迎えるまでには閏霜月のおかげで、まだ二ヵ月の猶予があります」

喜八郎は政八と向き合う形に座り直し、先を続けた。

「二ヵ月あれば、さくら組は正月興行に向けての、新たな演し物を思案できます」

富岡八幡宮の氏子総代との談判も、二ヵ月先の興行ならば存分に話し合いができる。

「軽業小屋を普請するにも、仕上げまでに一ヵ月限りなのか、二ヵ月あるのかでは、受け止め方も普請費えの算段でも、まるで違ってきます」

「そういうことかっ！」

得心できた政八は、ポンッと膝を叩いた。

「霜月のあとに閏霜月が挟まってくれたのは、天からの授かり物も同然です」

喜八郎の結びには、政八が一番深いうなずきで応じていた。

喜八郎が口を閉じると、御大は渡市に問いかけた。

「さくら組の興行の客席は、どれほど構えればいいのかね」

「吉田座は二百でしたが、てまえどもの軽業なら倍の四百席を構えても、見物客を満足させられます」

渡市の物言いは自信に満ちていた。

御大が膝元の鈴を振ると、あの女が入ってきた。霜月の下旬で今日も木枯らしが吹いているのに、女はさくらを描いた絹物を着ていた。帯の黒地がさくらを引き立てていた。

手には熊にまたがった金太郎が描かれた布袋を提げていた。脇に座すなり、御大は指図を口にした。

「客席四百の軽業小屋普請だ」

「うけたまわりました」

女は袋から小型の算盤《そろばん》、矢立《やたて》、半紙と画板とを取り出した。矢立から取り出した筆を手にするなり、慣れた手つきで画板に載せた半紙に描き始めた。

御大が言いつけた、客席が四百ある軽業小屋の外観図である。

一気に外観を描き上げたあと、半紙を取り替えて内部の図に取りかかった。

御大・政八・渡市・喜八郎が半紙に見入っている前で、女は五段の腰掛けがぐるりと取り囲んだ客席を描き出した。

軽業を演ずるのは、客席の真ん中である。小屋のどの腰掛けに座しても、軽業が見物できる拵えとなっていた。

さらに女は筆を進めた。小屋の地べたから三丈（約九メートル）の高さに、小屋両端の柱を結ぶ綱が描かれていた。

渡市とかすみとが演ずる、綱渡りの舞台である。あまりに巧みに描かれていることに、渡市は仰天したのだろう。音を立てて吐息を漏らした。

女は筆を止めて渡市を見た。

「座長とご内儀の綱渡りは、吉田座で三度見させてもらいました」

綱渡りを描き終えると、また新たな半紙を画板に載せた。そしてたけしとあらしが演ずる「いかり足」を描いた。

御大といい女といい、底知れない深さを秘めていた。御大も女もここに至るまで、ひとことも口にはしなかった。が、さくら組の軽業に通じているのは明らかだった。

やはりそうだったのかと、喜八郎は胸の内でつぶやいた。初めてさくら組の話を聞かせたときの御大から伝わってきた、あの感覚。

知らぬ顔で、すべてを知っているのではないかと感じたのは、当たっていたのだ。

仕上げた絵を画板に載せて、女は御大に差し出した。一枚ずつ御大は吟味してから、画板を渡市に差し出した。

「小屋の造りは、これでよろしいか」

問われた渡市は生唾を呑み込んでから、深くうなずいた。そして「驚きました」と、かすれ声で答えた。

渡市の返答を了とした御大は、また喜八郎に目を移した。渡市が戻した画板と絵を、御大は喜八郎に渡した。

「この絵をあんたに預ける」

氏子総代との談判に、これがあるほうが役に立つだろうと付け加えた。

「氏子総代は人物です」

言い切った喜八郎は、さらに続けた。

「この絵を見れば、興行がいかほど富岡八幡宮の初詣呼び込みに役に立つか、総代なら察せられることと請け合います」

喜八郎を見ている御大の目元が緩んだ。

「あんたが請け合うと聞いただけで、総代が人物であるのは呑み込めた」

御大が言い終えるのを待って、女が算盤を弾いていた手を止めた。

御大の目が、女に返答を言いつけていた。

「およその金高ですが、二百三十両あれば絵の通りの小屋は普請できます」

御大の目は、さらに深い返答を求めていた。

「小屋は葦簀張りの仕上げですが、押上《おしあげ》村の上物を使います」

野分《のわけ》同様の暴風雨でも、雨漏りも隙間風の侵入もありませんと、女は請け合った。

聞き終えた御大は、また喜八郎を見た。

「小屋普請は深川の面々が達者なはずだ。もしも高値に過ぎるなら、うちが引き受けてもいいが……」

「土地の棟梁に任せるのが、興行を上首尾に運ぶ肝と心得ます」

丹田に力を込めて、喜八郎は御大にこう返答した。

「それがいい」

短い応じ方だった。が、御大は突き放したのではなく、喜八郎の返答を了としていた。

女は無言のままだが、喜八郎から目を離さずにいた。

「頼んだぞ、喜八郎」

政八の甲高い声は、引き締まった気配の座敷には不釣り合いだった。

六

富岡八幡宮氏子総代を務めるのは、冬木町の鳶《とび》かしら、禎三郎《ていさぶろう》である。

江戸の一大材木集散地木場と冬木町とは、隣り合わせの位置にあった。町木戸も冬木町と木場とは同じ木戸番が開閉した。

町同士も仲がいいのは、富岡八幡宮本祭の町内御輿《みこし》には、両町の担ぎ手が肩を入れ合っていたからだ。

深川の鎮守様・富岡八幡宮の氏子総代は、本所深川の火消し組総代も兼ねていた。大川東側なら、どこに出張っても幅が利く要職だ。

そんな禎三郎と喜八郎とが昵懇の間柄なのは、鬼右衛門《おにえもん》の一件が端緒だった。

今戸の材木商当主鬼右衛門が率いる一味は、深川に仇《あだ》を為す企みを進めていた。

深川一の老舗《しにせ》料亭・江戸屋にも、鬼右衛門は手を伸ばした。その企みを見事に潰した手腕を、禎三郎は高く評価した。

鬼右衛門の一件では、喜八郎の前身がつまびらかにされたりもした。

詰め腹を切る形で一代限り同心職を失うことになった顚末も、禎三郎の耳には届いていた。

禎三郎は鳶のかしらだ。それも若い鳶三十人を抱えて、富岡八幡宮と冬木町と木場とを火事から守る、男ぶりのよさと豪胆さが問われる稼業だ。

「あんたなら、いつ何時でも前触れなしに顔を出してくれていい」

二六時中の鳶宿木戸御免を許されているのは富岡八幡宮宮司、権禰宜《ごんねぎ》、鳶宿かしらなど、わずかである。

禎三郎配下の火消し衆は、喜八郎に深い信頼を寄せていた。

十一月二十五日四ツ、喜八郎は禎三郎の宿を訪れた。手前で与一朗を差し向けて、この刻限の承知を聞かされていた。

木戸御免ながら律儀に都合を問うてくる姿勢にも、禎三郎は好感を抱いていた。

「込み入っておりますので、絵図を持参いたしました」

御大から預けられた数枚の絵をもとに、さくら組・米屋政八・天王町の貸元・伊勢屋四郎左衛門について、喜八郎はほぼ半刻をかけて細部にまで説明を加えた。

聞き終えた禎三郎が手を打つと、若い者が茶を運んできた。喜八郎の話を聞いていたときの禎三郎は、茶をすすることも、煙草盆を使うこともしなかった。

「あんたの顔の広さには、話を聞くたびに驚かされる」

御大を知っていることに驚いた禎三郎だが、さくら組を知っていることには仰天していた。

「軽業師の見事な身のこなしには、火消し衆も心底、敬いを抱いている」

渡市とかすみの綱渡りの技を称えたあと、禎三郎は「いかり足」に言い及んだ。

「あの見事な兄弟の技を、わしは正味で深川に持ってきたいと願った」

火消し十五人を引き連れた禎三郎は、今年九月下旬に吉田座に出向いていた。たけしとあらしの息の合った技には、火消し衆も立ち上がって拍手を送っていた。

しかし吉田座に伝手《つて》はなかった。あれこれ思案を重ねていたら、いもがゆの御救けが始まった。

喜八郎以上に、禎三郎は御救け進行に身を投じた。

一段落したと思ったら、風邪の流行が始まった。そのあおりで吉田座など三軒とも小屋を閉じてしまった……

「まさかあんたから、あのいかり足を深川に持ち込む相談を受けるとは……」

言葉を詰まらせたあとで、喜八郎に目を戻した。

「興行主米屋政八さんの後見人は……」

「不肖、喜八郎が務めさせていただきます」

「そうか」

いきなり立ち上がった禎三郎は、神棚の下に進んだ。そして神棚を見上げたあと、太い手を合わせた。

さくら組の富岡八幡宮興行の準備が、禎三郎が打った柏手とともに動き始めた。

＊

さくら組新春興行は寛政七年一月八日、松が明けるなり初日と決まった。

前年の閏十一月のおかげで、冬が行き過ぎてくれた。はやり病いの流行もすっかり下火となり、新年は穏やかな晴天で迎えられた。

元日からさかのぼること二十九日。喜八郎は前年師走初日に渡市に頼みを口にした。

「こども八人全員を、明日朝から亀戸天神に連れて行きたいのですが」

師走の一日から三日まで、小屋造りは大工事を予定していた。三日間は稽古もままならないと、棟梁から聞かされていた。

「気分を変えれば、正月興行の趣向にもいい知恵が浮かぶかもしれない」

まだ新たな演し物は決まっていなかった。

「よろしくお願いします」

喜八郎は秀弥と相談し、昼餉は天神参道のうなぎ屋でと考えていた。さくらの口から、全員がうなぎが大好きだと聞き取っていた。

太鼓橋を渡り、社殿に参詣したこどもたちは、池の周りに集まっていた。さくらが池の一点に見入っていたからだ。

「どうしたよ、さくら……なにかあるのか」

あらしに問われたさくらは、池に配された小岩を指さした。

さくらに並んで、あらしも見入った。

小岩には亀が八匹、重なり合って甲羅干しを楽しんでいた。ほかにも水面から顔を出している小岩は幾つもあった。

しかしどの亀も、わざわざ同じ小岩のうえで重なり合っていた。

「みんな、一緒にいたいんだよね？」

あらしに顔を向けて、さくらが問いかけた。まるで甲羅干しの亀になったかのような物言いだった。

「これだよ、おにい！」

背後に立っているたけしに振り返り、あらしが声を弾ませた。

「いい思案だ。お手柄だ、おまえたち」

たけしはさくらとあらしのあたまを撫でた。あらしは次の正月で八歳になるのに、たけしは赤子をあやすかのようにあたまを撫でた。

うなぎの昼飯の場で、喜八郎に思案を聞かせたのはたけしだった。

「風邪は下火になってきましたが、まだ多くのひとが相手から離れようとしています」

たけしはうなぎ屋の卓を見回した。四人がけの卓なのに、斜向かいにひとりずつしか座していない。

肩をくっつけて座っているのはこども八人と、喜八郎と秀弥だけだった。

「ひとも、離ればなれじゃなしに、重なりあうのが楽しいはずです。それができるのが家族です」

亀戸天神の亀の甲羅干しに、わずか前まで当たり前だった楽しさを思い出しました……

たけしが結んだところに、うな重が運ばれてきた。焼きたての蒲焼きの香りが、美味さを辺りに撒き散らしている。

こどもたちは、わざと肩を押しつけあってうな重に箸をつけていた。

＊

寛政七年一月八日、八ツ半（午後三時）。

すべての演目を終えた軽業小屋では、いつまでも喝采がやまずだった。大半の見物客は、いかり足を初めて観たのだ。

手を叩き続けながら、隣の者といまだ醒めぬ興奮を語り合っていた。

そのざわめきが不意に鎮まった。

身体に貼り付いた肌着に、甲羅を模した作り物を背負った十人が勢揃いしたからだ。

静かになった舞台の上で、座長の渡市が話し始めた。

「家族も仲間も、ひとは肩を寄せ合い、手をつなぎ合ってこそ楽しいはずです」

渡市は甲羅を背負ったまま、客席を見回した。舞台正面には政八を真ん中に、御大とかすみ(なんと御大に仕えるあの女も、名はかすみだった)が左側に、伊勢屋四郎左衛門が政八の右に座っていた。

「はやり病いのせいで、ひとが肩を寄せ合う楽しさ、相手を思う大事さを忘れていました」

言い終えた渡市とかすみが、舞台中央で甲羅を背負ったまま横たわった。

こどもたちが順に親亀の背中に乗り、最上段にさくらが立った。床からさくらまで、ざっと一丈半(約四メートル半)の高さだ。

観客に向かって両手を振ったさくらは、見事な空中回転を為して床に着地した。

それぞれの亀もさくら同様、空中回転とともに着地した。

全員が一列になり、脱いだ甲羅を振って歓声に応えた。

肩を寄せ合い、相手を信じて手をつなごう。

鳴り止まぬ拍手に負けぬ声で、さくら組が声を張り、甲羅を振り続けていた。

初午参り

一

寛政七年二月十一日、日暮れどき。

駄菓子屋うさぎ屋すぐ脇の路地に流れ込んできた風は日没間近で、しかも明日がまだ二月最初の午《うま》の日（初午）だというのに、すっかりぬるさを帯びていた。

初午といえば綿入れを羽織った土地の子が、白い息を吐きながら、竹馬遊びに興ずるのが例年の江戸各町での習わしだった。

ところが今年はすでに、春分を過ぎていた。桜満開を祝う二十四節気の「清明」も、七日後である。

季節が大きく前倒しなのは、去年十一月のあと、閏《うるう》十一月を経ていたからだ。

「それにつけても、初午の竹馬作りを……」

薄暗くなった仕事場で職人の竹次《たけじ》が手を止めて、仲間の三郎《さぶろう》に話しかけた。

「こんなにぬるいなかで竹を割《さ》くのは、今年が初めてだぜ」

「まったくだ、あにい」

三郎も手を止めて調子を合わせた。

「この様子なら明日の初午も暖かだ。いつも以上にうさぎ屋も竹馬が売れやすぜ」

三郎の答えは板の間を通り越して、親方にまで聞こえたらしい。

「おめえ、いいことを言うじゃねえか」

立ち上がった親方が板の間に出てきた。

「まだ暮れ六ツ（午後六時）は鳴ってねえ」

薄闇が仕事場に忍び込んではいたが、暮れ六ツの鐘はまだだった。

「初午の竹馬はきわものだ。明日を過ぎたら値打ちはなくなる」

暗がりにぼんやり溶け込み始めているふたりを、親方は見詰めた。

「手間賃の割増しは惜しまねえから、あと半刻（一時間）、精を出してくれ」

まさに竹馬はきわものだ。残業を得心した竹次は、仕事場の明かりを頼んだ。

「承知した」

短く応えた親方は奥に戻るなり、女房に燭台の支度を言いつけた。

「このぬるさが真夜中まで続いてくれたら」

竹を割く手を器用に動かしながら、竹次は話を続けた。

「今年は辰平の初午参りの水垢離《みずごり》も、凍えずに浴びられるかもしれねえ」

「ひえっ」

水垢離と聞いた三郎は手斧《ちょうな》を握ったまま、肩をすぼめた。いかに季節が前倒し気味とはいえ、真夜中の沐浴《もくよく》は思っただけでぶるるっときたようだ。

「おめえがそう感じるのも、無理はねえ」

竹次が応じたとき、永代寺が暮れ六ツを撞《つ》き始めた。板の間が急に明るくなったのは、女房が百匁《ひゃくめ》ロウソクの燭台二本を運んできたからだ。

「仕上がったあとに、力うどんと熱燗を用意しとくからね」

「ありがてえ!」

職人の声が揃ったときも、永代寺の鐘はまだ続いていた。

＊

寛政七年一月晦日(一七九五年三月二十日)の干支は壬午(みずのえ・うま)。そんなわけで二月は未《ひつじ》から始まることになり、初午は十二日の甲午(きのえ・うま)まで、十一日も先となった。

ただでさえ前年の閏十一月を受けて、陽気と月とがちぐはぐになっていた。

二月十一日、四ツ(午後十時)。あと一刻後に訪れる初午に向けて、喜八郎の宿ではだれもが沐浴の支度を進めていた。

寛政二年以来、初午当日となった真夜中九ツ(午前零時)には……

喜八郎と配下の面々が、大横川端・大島稲荷神社前の水垢離場で一斉に、沐浴を始めた。

初午真夜中の水垢離は、秀弥が口にしたひとことが端緒だった。

「さまざまな想いを込めて、初午の真夜中には井戸端で沐浴をいたします」

十三歳の初午から続けていますとだけ、あのときの秀弥は喜八郎に明かした。

「そういうことなら今年の初午から、わたしも大横川の川水で沐浴を始めます」

まるで気負いのない秀弥の物言いにつられて、喜八郎も約束した。

寛政二年正月二日、江戸屋の離れで、だった。前年九月に発布された棄捐令《きえんれい》を浴びて、札差百九軒が死に体と化した。

江戸中が不景気風を浴びているなかで、深川も手ひどい痛手を被った。

同年前半、まだ札差がカネにあかして傲岸不遜《ごうがんふそん》な挙に出ていた頃、江戸屋でも狼藉《ろうぜき》を働いていた。

毅然とした態度で札差の無体を、秀弥は追い払おうとした。たまたま居合わせた喜八郎は、秀弥の手助けをした。

それが縁で喜八郎は江戸屋の女将《おかみ》との付き合いが始まった。

江戸中の商家が威勢を失っていたなかで、江戸屋は老舗《しにせ》料亭の矜持をいささかも失わずにいた。

そんな江戸屋に惹かれた喜八郎は、正月二日の酒席を前年師走《しわす》半ばに予約に出向かせた。

「新しい年の景気づけになればというのが、うちのおかしらの気持ちです」

予約に出向いた嘉介は、七人の宴席をと頼んだ。仲居頭から子細を聞かされた秀弥は、離れに宴席を設《しつら》えた。

損料屋に使える席ではなかった。肝の太い嘉介が、思わずうろたえた。

「てまえどもには初春一番の縁起と存じます」

喜八郎の心意気を秀弥も正面から受け止めていた。

その初春宴席で、秀弥が明かした初午の沐浴である。喜八郎が口にした約束を、嘉介以下の全員がわがこととして受け止めた。

その沐浴は、六年目の今年も果たされる支度が調《ととの》っていた。

寛政七年の今年は喜八郎・嘉介・与一朗・平吉・勝次・辰平・彦六が下帯を新調した。

手代の与一朗、棒手振《ぼてふり》衆に加えて、今年は飯炊き賄《まかな》いのおとよが加わっていた。

寛政五年正月に、桂庵《けいあん》（周旋屋）の井筒屋から口入れされたおとよは、干物の焼き工合が秀逸な賄い婦である。

みずから話に加わることは皆無だったおとよについては、嘉介ですら詳しい素性を分かってはいなかった。

そんなおとよが、真夜中の沐浴に加わりたいと願い出たのだ。

「こころがけは買うが……」

嘉介は戸惑い口調でおとよと向き合った。

「うちらの沐浴は大島稲荷正面で、大横川が深くなっている水垢離場だ」

そんな場所でおかしら以下、全員が下帯一本の裸で沐浴に臨むことになると続けた。

二月の真夜中は凍えもきつい。

「おとよさんも素肌に白木綿一枚で浴びることになるが、承知でしょうな？」

「今年の正月で五十五になりましたが」

おとよはみずからの口で歳を明かした。

「初午の水垢離には慣れていますから」

きっぱりした返答を聞いた嘉介は、その上の詮索を控えて承知した。

嘉介が決めたことだ、喜八郎はなにも問わずに承知した。

蓬莱橋から大島稲荷までは、大横川の南岸伝いに六町（約六百五十メートル）の隔たりだ。いつもの年なら銘々が着替え、薪などを納めた籠を水垢離場まで運んだ。

今年は五右衛門風呂の支度を積んだ、荷車が加わった。

おとよは沐浴には慣れていると言い切ってはいたが、もしやに備えての湯の支度だった。

大島稲荷の前に行き着いたのは、九ツの四半刻（三十分）前だった。真夜中の社殿に向かい、深々と二礼してから支度を始めた。

五右衛門風呂は、石作りのかまどに載せた。腕力自慢の勝次と辰平が特大のたらいに汲み入れた川水を、ふたりがかりで運んだ。

風呂は高さ二尺（約六十センチ）・差し渡し三尺（約九十センチ）の大型円筒形。おとなでも身を屈めれば、充分に湯に浸かることができる大きさだった。

たらいは大きいが、一度ではわずかに底が隠れる程度にしか汲み入れられない。

「おれたちも手伝うぜ」

火熾《おこ》しの支度を終えた他の面々が、交代で川水運びを手伝った。

風呂の三分の二まで水が汲み入れられたところで、石かまどに火が入った。松ヤニをたっぷり含んだ、赤松の薪だ。

火熾し達人の彦六の技で、薪は見る間に炎を立てて燃え始めた。

真夜中の深い闇を、風呂を沸かす薪の炎が赤く切り裂いた。

「ほどなく九ツの鐘撞きが始まる」

沐浴の支度を調えろと、嘉介が号令を発した。男たちが一斉に動き始めた。喜八郎も動きに加わった。

支度といっても履き物と足袋《たび》を脱ぎ、帯をほどいて木綿のあわせを脱ぐだけだ。

男たち全員、襦袢《じゅばん》は着ていない。あわせを脱ぐと、下帯一本の裸がさらされた。

薪が音を立てて燃え盛っている。男たちの裸体を薪の明かりが照らしていた。闇を背にしていることで、引き締まった身体がくっきり浮かび上がっていた。

去年はやわな身体つきだった与一朗も、一年を経たいまは、胸板も厚みを増していた。

男衆のなかで、喜八郎の上背は頭ひとつ抜きんでていた。

いまでも喜八郎は毎朝、居合抜きの稽古を半刻も続けていた。加えて五日に一度、山本町に暮らす唐人・宋田兆《そうてんちょう》から、拳法指南も受けていた。

その成果というべきだろう。喜八郎の引き締まった身体には、毎年、他の面々が見入っていた。

今年、みずから願い出て加わったおとよは、男衆同様にあわせを脱いでいた。肌を覆っているのは薄手の白木綿だけだ。

下半身を隠す蹴出し（腰巻き）も身につけてはいなかった。

みずから五十五と歳を明かしたおとよも、赤松の炎が正面から照らし出していた。

木綿に包まれてはいても、素肌の形がくっきりと描き出されている。赤い光を浴びた素肌には、年配者のたるみは皆無だった。

想像すらしたことのなかった、五十女の妖艶な姿だ。薄い木綿が覆っていることが、余計におとよの色香を強めていた。真正面に立っていた勝次の下帯が、いきなり膨らんだとき。

ゴオオーーーンと、九ツの捨て鐘が響き始めた。四ツ（午後十時）から七ツ（午前四時）までの鐘は、響き方を抑えている。

が、寝静まった真夜中の大横川端だ。永代寺から真西に五町（約五百五十メートル）ほどしか離れていない大島町には、捨て鐘の第一打が衰えずに響いた。

鐘を合図に、全員が水垢離場に向かおうとした、その刹那。

ドボンッ。ドボンッ。

ふたつの水音が重なり合った。

「身投げです！」

およよが鋭く尖った声を発した。

勝次と辰平は、同時に龕灯《がんどう》のロウソクに火を灯《とも》した。

配下の者より先に、喜八郎は水音の立った方角目指して駆け出していた。

二

水垢離場一帯は石畳だ。足元を気にせず、裸足で下帯だけの喜八郎は全力で駆けた。

龕灯を手にした勝次と辰平は後から追ってきている。喜八郎は水垢離場の石垣に立ち、耳を澄ませた。

闇に溶け込んだ川面が乱れて、音が立った。身投げした者が暴れているような音だ。

一瞬もためらわず、喜八郎は音を目がけて飛び込んだ。ほぼ同時に、勝次と辰平の龕灯が川面を照らした。

荒い水音は、着衣をまとった女がもがいて川面を叩いた音だった。

ふたりの龕灯が女を照らした。喜八郎はすぐ近くにいた。

「おかしらの左手の先でさ！」

勝次が声を張ったとき、嘉介が飛び込んだ。そして喜八郎とともに、女を抱えるようにして水垢離場の石段へと泳いだ。

「水音はふたつでした。まだだれかが、浮いてくるはずです」

おとよはきっぱりと、身投げはふたりだと声を張った。そして勝次と辰平に龕灯を動かして、水面を確かめてと頼んだ。

喜八郎たちを追っていた龕灯の明かりが、川面へと戻された。が、女が浮かんでいた辺りに、別の姿はなかった。それでも勝次と辰平は水面を探し続けた。

おとよも一緒に闇の川に目を凝らしていた。

喜八郎と嘉介はすでに、女を抱えて水垢離場の石段に泳ぎ着いていた。

女が浮かんだ辺りを軸に、二挺の龕灯の光が円を描いて水面を照らしていた。

女を両腕で抱きかかえた喜八郎は足元を気遣いながら、一段ずつ石段を登った。女の着衣は水を吸い込み、しずくを垂らしていた。

水のせいで着衣が重たくなっているのは、当然のことだ。しかし女を抱えた喜八郎は、尋常ならざる重さを感じているようだ。

喜八郎の様子を見て、嘉介が脇に寄った。

「そのまま、立ち止まってくだせえ」

龕灯の明かりは別の場所を照らしている。喜八郎と女の子細は見えなかったが、だらりと下がった女のたもとは、ひどく重たそうに垂れていた。

たもとに触れるまでもない。身投げのために、たもとに石が詰まっていた。

嘉介は両方のたもとから、三十を超える石を取り除いた。たもと石の数の多さが、女の覚悟の固さを示していた。

「あとはおまかせしやす」

嘉介に応えて、喜八郎は女を抱いて五右衛門風呂へと向かった。

勝次と辰平は場所を大川に向かって西へと移りながら、川面を照らし続けていた。女を喜八郎に預けて、嘉介がふたりに近寄った。

「いまは引き潮で、大横川の水は大川に向かっている」

言い置いてから、嘉介は平吉を呼び寄せた。配下のなかで、泳ぎが一番達者な男である。

「お呼びで？」

龕灯から漏れている明かりが、平吉の裸体を浮かび上がらせた。分厚い胸板が、泳ぎ達者をあらわしていた。

「水垢離場の西の端まで、勝次たちと川面を検分してくれ」

「がってんでさ」

答えてから、平吉は女について言い及んだ。

「おかしらが運んでこられた女は、川水を飲んではおりやせん。いまは気を失ってやすが、でえじょうぶでさ」

言い終えて動こうとした平吉を抑えて、嘉介は指図を続けた。

「もしも溺れている男が見つかったら」

真夜中の身投げだ、嘉介はもうひとりは男と決めていた。

今し方、女のたもと石を取り除いたことからも、子細あっての心中だと考えていた。

「おかしらに運び上げられた、女の相手だ」

嘉介が口にした見当を承知して、三人は石垣を西に向けて進み始めた。

指図を終えて急ぎ五右衛門風呂に戻ると、女は石畳に敷いた敷き布団に寝かされていた。川水を飲んでいないことは、運ばれてくるなり平吉が確かめていた。

喜八郎は厚手の手拭いを肌にかぶせていた。が、着衣は羽織っていない。

水には飛び込んだものの、まだ沐浴を済ませていなかったからだ。

石かまどの火加減を見ている彦六も、下帯だけの裸である。身投げ騒ぎに出くわしていても、だれもが初午の水垢離を大事と心得ていた。

五右衛門風呂には浸かりやすいように、脚立が用意されていた。その上部に立つ与一朗に、おとよは脚立の下から湯加減の指図をしていた。

「冷たい川水に、身体の芯まで、まとわりつかれていたひとだからね」

おとよは指図口調であとを続けた。

「手のひらが、ぼんやりとぬるさを感ずる程度の湯でないと、凍えた肌がやけどを負うかもしれないから」

とにかくぬるま湯まで沸いたら、すぐに彦六さんに教えなさいと言いつけた。

「わかりました、おとよさん」

おとよの様子は、いつもとまるで違っていた。その迫力に気圧《けお》されて、与一朗は敬いを込めて答えていた。

与一朗に言いつけたあと、おとよは敷き布団に寝かされた女のそばに戻った。

石畳に敷かれた布団の下には、莫蓙が敷かれていた。敷き布団もまた、おとよがもしものときに備えてのことだった。

おとよは女の帯を解き始めた。が、帯は冷たい水にどっぷり濡れて固結びのごとくになっている。

手早く着衣を脱がさなければ、濡れた布が身体の温もりを奪い取ってしまう。

「おかしらの小柄《こづか》を使わせてくださいまし」

おとよは喜八郎に頼み込んだ。とても、飯炊き女の物言いではなかった。

喜八郎は無言でうなずき、佩《は》いてきた太刀から小柄を取り外し、おとよに手渡した。

たとえ真夜中の斎戒沐浴に臨むとて、喜八郎は二刀を佩いてきていた。

龕灯に使うロウソクは、大型の五十匁だ。彦六は薪の火で灯したロウソクを、まだ燃やしていない太めの薪に立てた。

即席の燭台である。その明かりを、おとよの手元に置いた。

おとよは喜八郎から手渡された小柄を、手慣れた手つきで使い、濡れて硬くなった帯の結びをスパッと断ち切った。

女が着ていたあわせは太物である。冥土に旅立つ衣装も、太物が精一杯だったようだ。

おとよがていねいに襦袢まで脱がしたとき、女が目を開いた。

うっ……と、短い声を漏らしたあと、仰天して見開かれた瞳でおとよを見た。

「大丈夫だからね。安心していいよ」

慈愛に満ちた声で話しかけながら、おとよは女の上体を起こそうとした。

そうされて、女は正気を取り戻したようだ。が、おとよを払いのけるだけの気力はなかった。

いきなり凍えを感じたらしい。ぶるぶると、激しく身体を震わせ始めた。

おとよは薄い木綿一枚だ。真夜中の寒さは素肌にまとわりついていたが、それでも川に落ちていた女よりは暖かだ。

「もう心配いらないからね」

女を抱きしめる手に力を込めたとき。

「ぬるい湯が沸きました」

与一朗が声を張った。すかさず彦六が、燃え盛る薪を石かまどから取り出した。

「まずは湯に浸かって、凍えた身体を暖めなさい」

おとよは女の襦袢まで脱がしていた。なにも身につけていない女が、激しく全身を震わせていた。

彦六はかまど脇の荷車から、自分の木綿あわせを取り出し、おとよに手渡した。

うなずきで礼を示したあと、おとよは女にあわせをかぶせた。そして脚立に向かった。

下に降りていた与一朗は、ふたりに背を向けて目を逸らした。

十二日の月は大きい。しかし空に横たわる厚い雲が、月の明るさを隠していたらしい。

そんな雲が切れて、大きな月が顔を出した。五段の脚立を一段ずつ、先におとよが登り、上から手を差し出して女を引き上げた。

「あと一段だけど、登るのは大丈夫?」

問いかけるおとよの案じ顔を、青い月光が照らしている。まだ震えながらも、女は手を握られたまま、こくんとうなずいた。

脚立の横幅は一尺五寸(約四十五センチ)あるが、女でもふたり並ぶのは無理だ。

「しっかりと脚立を掴んでちょうだい」

言われるがまま、女は脚立の両端を握った。その手応えを感じ取ったおとよは、右手を湯に浸けた。ほどよきぬるま湯だと確かめたあと、石畳めがけて軽い身動きで飛び降りた。

羽織っていただけの白木綿の裾が、月光を浴びながら、ふわっと大きく広がった。

膝を屈めて降り立ったおとよは、素早い動きで、また脚立の一段目に足を乗せた。

「お湯は熱くないからね。怖がらずに浸かりなさい」

寒さで震えていた女は最上段でしゃがみ、五右衛門風呂に足から浸かった。

喜八郎も嘉介も、かまど番の彦六も与一朗も、五右衛門風呂に背を向けたままだ。

様子を見てはいなくても、おとよの指図にすべてを委ねて安心しているようだった。

勝次・辰平・平吉の三人は、いまも川面を照らして男を捜し続けていた。

三

女は助け上げられたが、男は見つからず仕舞いだった。

月は雲に隠れたり、顔を出したりを繰り返していた。横たわった雲は、まだ達者なまま夜空に残っていた。

白木綿のおとよを含めて、全員が裸のままだ。水垢離場での沐浴にはいまだ臨んでいなかったし、大島稲荷への初午参詣もまだだった。

銘々が気合いを込めて裸体を続けているとはいえ、これほど真夜中の裸が長引いたことはなかった。

男衆以上に、木綿一枚のおとよの身が案じられた。

喜八郎の指示を受けて、嘉介がおとよと向き合った。また雲が切れて、青白い月光がおとよの白木綿を浮かび上がらせていた。

「おとよさんには申しわけないが」

嘉介はおとよとの間合いを詰めた。

「この場に残り、女の様子を見ていてもらいたいのだが」

身体になにか羽織り、五十路をとうに超えた身をいたわって欲しい、沐浴は遠慮してもらいたいと、嘉介は言外にこれらを頼んでいた。

「うけたまわりました」

嘉介の目を見詰めて承知したおとよは、女を寝かせている敷き布団の脇に立っていた。

敷き布団には、搔巻《かいまき》を着せられた女が横にされていた。

ぬる湯から上がった女は、これまたおとよのために用意されていた搔巻を着ていた。

五右衛門風呂といい、敷き布団やら搔巻といい、例年にはない備えの数々だ。まさか身投げ女を助けることになろうとは、用意周到な嘉介ですら考えてもいなかった。

「手数をかけますが、よろしくのほど」

喜八郎みずから、おとよにあたまを下げた。

「おまかせくださいまし」

おとよの承知を聞いた喜八郎は、一行を引きつれて大島稲荷へと向かった。雲から出た月は大きく、光も豊かだ。石畳に喜八郎たちの人影まで描かれていた。

鳥居前で、社殿に向かって深々と辞儀をした。そして社殿へと進んだ。

大島稲荷の狛犬は、犬ならぬキツネだ。

あ・うんの両キツネに一礼し、社殿につながる石段を登った。

喜八郎たちの真夜中初午参詣と、それに続く水垢離場での沐浴は、大島稲荷宮司も了として受け入れてくれていた。

参詣した全員、社殿前でこうべを垂れて、宮司の祝禱《しゅくとう》を受けた。

寛政二年、初の参詣には秀弥が案内してくれた。喜八郎が初午参詣を思い立ったのも、秀弥の話を聞いたからだ。

深川にも日増しに不景気風が強まっていた寛政二年正月二日。離れでの宴席で、秀弥は喜八郎に水垢離を明かした。

「深川に留まらず、なにとぞ江戸すべての景気が上向きますようにと願ってです」

商売繁盛祈願で、江戸屋は大島稲荷に参詣を続けていた。

あらましを聞かされた喜八郎は、江戸の景気回復を願う秀弥の想いに感じ入った。それが初午参りを決意したきっかけだった。

以来今回で六度目の初午真夜中参詣である。

宮司の祝禱を受けて境内を出た。そして石畳を踏んで、川端へと向かい始めた。鳥居正面の大横川端に設えられた、水垢離場へ向かおうとしたのだ。

が、近寄ってくるおとよを見て、喜八郎は足を止めた。男衆がかたまりとなった。

おとよはいまだ薄い白木綿のうえに、なにも羽織ってはいなかった。

「掻巻の暖かさに安心したのか、眠り込んでいますので」

おとよも沐浴をさせて欲しいと願い出た。もとより喜八郎にも嘉介にも、願い出を拒む気はなかった。

荷車で運んできた手桶を各員が持ち、水垢離場の石段を下った。

幅広い石段には、横一列に並ぶことができた。各員が一斉に、あたまから水を浴びた。

頭髪に水を浴びたあと、身体にも川水を浴びせて身を清めるのが沐浴である。

雲に生じた切れ間は、まだ続いていた。

大きな月の光を浴びながら、各員は五度、十度と願いを込めて水浴びを繰り返した。

沐浴を仕舞いとするきっかけは、月だった。また雲に隠れると、丑三つ時の深い闇が戻ってきた。

雲に隠れた月が、このあたりで沐浴仕舞いとするようにと告げてくれた。

大島稲荷前から宿に戻り着いたときは丑三つも過ぎて、七ツ（午前四時）が近かった。身投げ騒ぎに遭遇した今年は、例年より半刻以上も遅い帰りとなっていた。

多人数の配下が出入りする損料屋には、五人が同時に入浴できる杉の湯船が設けられていた。

毎年、当番役は沐浴には加わらず、湯の支度を調えて帰りを待つのが決まりだった。

初午参りには全員が加わりたがった。

ゆえに毎年、当番はくじ引きとなっていたのだが、今年は様子が違った。

「いつも喜八郎さんと秀弥さんには、ごひいきをいただいていますので」

今年の当番は任せてくださいと、小料理屋たちばなの板前、林田と高野が当番を申し出てくれていた。

一行が宿に戻ると、もちろん湯は仕上がっていた。

「わたしどもは、男衆のあとの仕舞い湯で身体を暖めさせていただきます」

「遠慮せず、ハナの新湯に浸かればいい」

嘉介は最初の湯を勧めたが、聞き入れるおとよではなかった。

喜八郎も嘉介も、おとよの気性の一部は、沐浴を通じて呑み込んでいた。

「それではおとよさん、仕舞い湯で身体を存分に暖めてください」

この言葉も喜八郎がかけた。そして……

「今朝の朝餉《あさげ》は五ツ半（午前九時）からで構いません。それまではわずかな間でしかありませんが、休んでください」

向き合って立っているおとよの目を、喜八郎の窪んだ目が見詰めていた。

「ありがとう存じます」

掻巻姿の女を連れて、おとよは自室へと引っ込んだ。喜八郎と嘉介は、おとよたちが部屋に入るまで後ろ姿を見送っていた。

林田と高野は湯の支度のみならず、熱燗と、高野たち自慢の「うしお汁」までを調えていた。

調理道具も食材も持参で、だ。

「これ以上のご馳走はない」

正味で喜んだ嘉介は、いつにない勢いで未明の熱燗盃を重ねていた。

＊

真夜中の空に横たわっていた雲は、日の出の手前できれいに失せた。

二月十二日六ツ半（午前七時）。

品川沖から力強く昇ったあとの朝日は、清明も間近だと得心できる、暖かみ豊かな朝の光を江戸市中に放っていた。

その光のひと筋が、損料屋の中庭にも届いていた。

おとよの居室は炊事場のすぐ脇だ。腰高障子戸だった造りを、二年前の正月に杉戸に造作替えをしていた。

おとよの住み込み受け入れのためだった。

南向きの杉戸を開けば、目の前が中庭である。六ツ半どきの若い朝日が、庭に出たおとよの顔を照らしていた。

瞳の周りが赤く充血しているのは、ほとんど眠っていないからだ。

喜八郎からじきじきに、今朝の朝餉は五ツ半でいいと言われていた。いつもの五ツより、半刻遅くていいと、気遣いを示された。

しかしおとよは充血した目で、六ツ半の朝日を浴びていた。

＊

喜八郎と嘉介に後ろ姿を見せながら部屋に入ったあと、おとよは女と火鉢を挟んで向き合った。

常に鉄瓶を沸かしておけるように、清明間近のいまも火鉢には種火が埋め込まれていた。

灰から取り出すと、消し炭と炭をかぶせて火鉢の火熾しをした。

夜明け前は闇が一番深くなるし、寒さも際立つのだ。搔巻を着ていても寒かろうと考えての、火鉢の火熾しだった。

炭火が熾きて鉄瓶が湯気を噴き出したあとは、焙《ほう》じ茶をいれた。男衆は湯殿に残っており、仕舞い湯に浸かるのは、まだ先だ。

とりあえず身の内から暖まる、熱々の焙じ茶を女に呑ませようと考えたのだ。

住み込みのひとり暮らしだが、おとよは食器集めを生きるための道楽としていた。

仕上がりのいい菓子皿と湯呑みを毎日使うことで、気持ちの豊かさを保つことができた。

いま女のために用意したのは、信楽焼の分厚い湯呑みである。手のひらの温もりを味わうことで、気持ちも落ち着くと考えたのだ。

おとよの思案は、見事に図星を突いた。

両手で湯呑みを持ち、熱々をひと口すするなり。

「わたしはけいといいます」

湯呑みを手に持ったまま、先を続けた。分厚い信楽焼から伝わる温もりが、女の口をゆるめたようだ。

「今年のお正月で二十二になりました」

本所割下水の下田屋という職人宿で、飯炊き賄いで奉公していたと続けた。

「それで、おけいさんは……」

おけいがひと息をついたとき、おとよが問いかけた。

「どういうわけで身投げなんかしたの？」

おけいの手が小刻みに震えだした。

堰を切ったかのように、おけいは身の上話を始めた。

＊

朝餉のあとで、おとよは聞き取ったおけいの子細を喜八郎と嘉介に話す気でいた。

おけいが身投げを決めた気持ちは、おとよに痛いほどに伝わってきた。

どうすれば自分が気を昂ぶらすことなく、的確な話ができるのか……

朝日を顔に浴びながら、おとよはその思案を巡らせていた。

四

喜八郎はほぼ毎朝、日の出直後の六ツ過ぎから六ツ半までのおよそ半刻、木刀の素振りと居合抜きの鍛錬に当てていた。

初午の今朝は、未明の七ツ前に戻り、湯で身体を暖めてから床に就いた。ゆえに改めての起床は六ツを四半刻も過ぎていた。

庭の東の隅には朝日を背にして、毎朝の素振りと居合抜き稽古の場所が確保されていた。桜の古木が喜八郎の稽古姿を隠せるように、植木職人が案配した稽古場所だ。

朝餉は五ツ半からでいいと告げていたのに、おとよは六ツ半過ぎには起き出していた。庭に立ったおとよは顔に朝日を浴びながら、思案顔を続けていた。

稽古の手を止めておとよを見た喜八郎は、おとよが寝ずの朝を迎えたのを察した。

助け上げた女のことで、一睡もせずに朝を迎えたのだろう。

ならば朝餉のあとで話をきかせてもらえると判じたあと、喜八郎はおのれを責めた。

二年も賄いを預けておきながら、おとよという人物をきちんと評価してこなかったと自戒したのだ。

棒手振たちを相手に話しているときのおとよは、いかにも飯炊き女の物言いをし、所作を見せていた。

ところが水垢離場で身投げに出くわすなり、別人のおとよが顕れた。

川面で生じた水音を聞くなり、即座に身投げと断じた。喜八郎と嘉介が女を助けようとしたとき、もうひとりいると声を張ったのもおとよだった。

女の帯の結びを小柄で切断した、無駄のない手つき。

女を五右衛門風呂に連れて向かうおとよの姿は、脚立に背を向けていた喜八郎は見ていなかった。が、声から様子は察せられた。

先に上っていたおとよは、女のために上段を空けた。見ていなかったが、石畳の音と気配の動きから、おとよは飛び降りたと喜八郎は判じていた。

沐浴では水を惜しまず、まこと斎戒沐浴に終始した。水から上がったあとも、いささかも凍えた様子は示さなかった。

所作にも驚いたが、形の整った、借り物ではない物言いにも虚を突かれた。

いまさらだったが思い返せば、おとよがただの賄い婦ではないと合点のいくことが幾つもあった。

うかつにも見逃していたが、おとよが拵《こしら》える干物は極上の開きだった。

「おとよさんの開き方はアジでもサバでも、玄人《くろうと》裸足の出来栄えでさ」

魚の棒手振・勝次が正味で褒めていたのを、喜八郎は気にも止めずに聞き流していた。

もしもみずからの目でおとよの庖丁使いの手元を見ていたら、もっと早くから気づいていたと、おのれのうかつさを責めた。

「秋山さんならば、おとよさんをただの賄い婦だろうと、考えもせずに見逃されるなど、断じてござるまいに……」

胸の内で、おのれの未熟さを深く恥じた。そして、このあとに生ずる運びに思いを進めた。

朝餉のあと、おとよは助けた女について、いかなる話をするのか。

もしもおとよ当人がここまでの来し方に言い及ばなければ、こちらから問うてみよう……喜八郎は丹田に力を込めて、素振り稽古に戻った。

朝餉は五ツ半に供された。膳の片付けに移る前に、おとよは喜八郎の都合を訊ねた。

「話は嘉介とともに、このあとすぐにも聴かせてもらいましょう」

喜八郎は嘉介とともに、庭に面した居室でおとよと向き合った。膝元には喜八郎好みの玄米茶が供されていた。

喜八郎の前に座したおとよは、前置きを省いて話し始めた。

「あの娘《こ》の名はおけいと申しまして、歳は今年で二十二です」

女をあの娘と呼んだ口調は、おけいへの慈愛の思いに富んでいた。

「心中を図った相手は勝太郎《かったろう》という名の男でした」

おとよはかつたろうに力を込めた。

「おけいと同じ賭場に雇われた若い衆で、勝太郎が六歳年上でした」

やはり心中だったと明かしてから、おとよは背筋を伸ばして子細を話し始めた。

＊

本所割下水の下田屋は、表向きは漆喰《しっくい》職人の口入れ屋である。生業《なりわい》を誇示するなまこ壁の土蔵を、看板代わりとしていた。

敷地の裏口は堀に通じており、自前の桟橋が設けられていた。

下田屋番頭から鼻薬を効かされている役人・十手持ちは、左官道具を運び入れる桟橋だと承知していた。

実態は賭場の客が猪牙《ちょき》舟《ぶね》を着ける桟橋だ。五ツ（午後八時）を過ぎると、ひっきりなしに遊び客が猪牙舟から下りていた。

おけいはこの下田屋の賄い婦で、勝太郎は桟橋の張り番役の若い者だった。

下田屋は番頭から手代に至るまで、全員が賭場働きが本業である。番頭は賭場差配役で、帳場手代三人とも壺振りだった。

帳場手代のひとり三吾《さんご》朗《ろう》は「おいちょの三吾朗」の二つ名を持つ壺振りだった。三と五を足せば八（おいちょ）なのが、二つ名の由来だった。

下田屋当主は外に向かっては「下田屋二《に》七《しち》の助、初代にございます」と名乗った。

賭場では「なまこ壁の二七」の二つ名で通していた。

縁起担ぎの二七は、名前のよさを大事にした。三吾朗はおいちょで、二七のカブ（九）に次いで強い数だ。

勝太郎も「勝ったろう」と発することを買われて、二七に可愛がられていた。

おけいは桂庵の口入れだった。

寛政五年三月に、下田屋は開業した。桂庵は多数の奉公人を口入れできると張り切ったが、注文は賄い婦ひとりだけだった。

あての外れた桂庵の手代は、後見人なし、身寄りなしで持て余していたおけいを下田屋に連れて行った。

「身寄りなしではございますが、飯炊き上手で、これまでどちらの奉公先様からも喜ばれております」

桂庵手代の仲人口の身寄りなしを喜んだ下田屋番頭は、おけいを「奉公人扱い」、つまり桂庵とはこれ限りという条件で受け入れた。

おけいの口入れに難儀していた手代は、高値の口入れ報酬でならと条件を出した。

当時二十歳だったおけいは、下田屋が賭場だとは思いもせずに承知した。

働き始める前に、おけいは番頭から下田屋が夜は賭場になると明かされた。

「世間に対して口を噤《つぐ》んでいる限り、おまえの身の安泰と、月々の給金は保証する」

番頭に凄まれるまでもなかった。

身寄りなし、後見人なしの身では、江戸では奉公ができないと、おけいは肌身で分かっていたからだ。

三畳ながら自室が与えられたし、給金は月に二両。いままでの扱われ方とは、比較にならぬ厚遇だった。

奉公人十三人の朝夕二食の賄いと、賭場の遊び客への四ツ半（深夜十一時）の夜食作りが、おけいの仕事。

賭場の片付け、掃除・洗濯はすべて若い者がこなした。真夜中の夜食作りはきつかったが、毎晩ではない。賭場が開かれるのは三日に一度。

毎晩の開帳ではいかに鼻薬を効かされていようとて、役人が黙ってはいなかった。

おけいはきつい来し方を抱えていたが、二十歳でも生娘《きむすめ》だった。それを知った三吾朗が、あれこれ言い寄ってきた。おけいは一切相手にせずを通した。

奉公を始めて足かけ二年となる、寛政六年十一月の夜中四ツ半過ぎ。凍えながら桟橋の張り番を続ける勝太郎に、おけいは夜食の余り、うどんを差し入れた。

互いに憎からずと、思い合っていたふたりだ。一杯のうどんで互いの想いに火がついた。

とはいえ賭場では奉公人間の男女を問わず、色恋沙汰はきつい御法度《ごはっと》である。賭場の若い衆の間では、男色が流行《はやり》だった。賭場に雇われる女は、五十路を過ぎた飯炊きぐらいだと相場は決まっていた。

おけいは他所《よそ》にはない、格別の存在だった。が、若い衆は手出しはしなかったし、懸想《けそう》している三吾朗ですら、詰めの一歩の手前で踏み止まっていた。

法度破りの末路は、簀巻きにされて大川に沈められると決まっていたからだ。

今年二月に入ったあと、おけいから勝太郎に「連れて逃げて！」と迫った。三吾朗の迫り方が尋常ではなくなっていたからだ。

「おれの壺振りは、賭場のでえじな宝だ」

貸元に頼み込んで、おまえとの仲を承知してもらうからと、口吸いを迫られていた。

勝太郎は首を振って無理だと答えた。

「下田屋からは、逃げられはしねえ」

若い者が二組、四人が足抜けしようとして始末されたのを勝太郎は知っていた。わざと聞かせていたのだ。

始末のために下田屋二七は、渡世人をその都度、雇っていた。

二七が始末にこだわったのは、逃げ出した男たちの口から賭場の子細が漏れぬように、口封じしたかったのだ。

「逃げられないなら……」

おけいは勝太郎にしがみついた。

「どんな追っ手も来られない、西国（あの世）で所帯を構えましょう」

生まれて初めて気持ちを動かした相手である。手すら握ったこともなかったが、ともになれるなら命も惜しくはないと思い詰めていた。

「分かった、おけい」

初めて呼び捨てにした勝太郎は、初午の心中を確かめ合った。この夜は、賭場が閉じられる運びだった。

大島稲荷前の水垢離場を言い出したのは、おけいである。石畳の水垢離場の端には、祭事道具を仕舞う物置があった。

頑丈な錠前がかかっているが、おけいは釘で開き、数日寝泊まりしたことがあった。

二月十一日四ツ前に、ふたりは物置に入った。そしておけいは暗闇のなか、初めて男の前で裸体をさらした。

「勝太郎さんの子を宿した身体で、一緒に三途の川を渡りたいから」

勝太郎を受け入れたおけいは、手で口を抑えた。それでも漏れた声は、歓喜と哀しさが深いところで混ざり合っていた。

九ツの鐘までは、ふたりで物置の内にいた。おけいは一枚だけの晴れ着、太物の御召で旅立つ装束を整えた。

水中で解けぬよう、帯はきつく固く結んだ。そして用意していた石三十を両方のたもとに納めた。

勝太郎はおけいの決意のほどを、身繕いから思い知っていた。

まだ九ツ前だったが、ふたりは物置の外に出た。幸い、月は雲に隠れていた。

手を携えて川端の石垣に立っても、姿は闇に溶け込んでいた。

鐘はまだだったが、ふたりは手をつないだ。

「来世では、おなかの子をふたりで育てましょう」

おけいが口にしたとき、鐘が撞かれ始めた。大島稲荷の正面あたりでひとの声がした。

その声と鐘がきっかけで、先におけいが身を投げた。間をおかず、勝太郎も飛び込んだ。

たもと石の重みで、おけいはずんずんと川底めがけて沈んでいた。

あとから飛び込んだ勝太郎は、おけいの下に潜り込んだ。

おれの子を育ててくれ。

胸中で叫びながら、おけいを水面へと押し上げた。

跳び込んだ刹那、おけいは気を失ったようだ。だらりとして重たくなったおけいを、なんとか押し上げたところで、勝太郎の力が尽きた。

今度は勝太郎の身体が沈み始めた。

だれかがおけいを助けてくれているみたいだと、ぼんやり思いながら川底へと沈んだ。

＊

「気を失っていながらおけいは、勝太郎さんが押し上げてくれた手を、はっきりと感じていたそうです」

長い話の結びで、おとよの声がくぐもった。

おけいと勝太郎の悲恋に、まさに死力を尽くしておけいを押し上げた勝太郎の想いに、言葉を詰まらせたのだ。

喜八郎も嘉介も、背筋を伸ばした姿勢で聞き終えていた。

五

初午翌日、二月十三日九ツ半（午後一時）に喜八郎は江戸屋を訪れた。

寛政二年から毎年、初午翌日の九ツ半に出向くのも、すでに習わしとなっていた。

この刻限なら秀弥と少々の長話で向き合うことになっても、夜の宴席の邪魔にはならないからだ。

この日も喜八郎と秀弥は離れで、茶菓を賞味しながら話にふけった。

「おとよさんのことを、わたしはほとんど分かっていなかったと思い知りました」

おとよがみずから話した来し方を、喜八郎はかいつまんで秀弥に聞かせた。詳しい話に入る前に、身投げ騒ぎのあらましと、助け上げたおけいのことも先に聞かせた。

秀弥はひとことも口を挟まずに聞き入った。

「おとよさんはまだ二十代のころ、家禄二千石の旗本屋敷に奉公していました」

禄高に応じた人数の家臣を抱えており、武家奉公人も多数雇われていた。

禄高はそこそこの額だったが、当主は無役の小普請組に組み入れられていた。おとよが奉公を始めたのは、武家奉公人のみを扱う桂庵を通じてである。

「桂庵の周旋で奉公を始めたのは、大横川に身投げした、おけい同様です」

おとよがおけいを気遣うのも、似たような境遇を思ってのことでしょう……茶をすすったあと、喜八郎は先を続けた。

「おとよさんはご内儀様に気に入られて、十五年の長きにわたり奉公を続けました」

女ひと通りの作法も、長刀《なぎなた》使いの稽古も、奉公のなかで身につけていた。

おとよが身につけていた所作、物言いは充分に年季が入っていることに、水垢離場で初めて気づいたと、おのれの不明を隠さなかった。喜八郎の率直さに惹かれている秀弥だ。おのれを責める喜八郎に笑みを見せていた。

背筋を伸ばして気を入れ替えて、喜八郎は話を続けた。

「事情あって武家奉公を辞したのですが、子細は聞かされませんでした……」

喜八郎はまた、茶で口を湿した。

「察するにおとよさんは、おのれに非なき出来事ながら、みずから奉公先を辞されたのでしょう」

続けて喜八郎は、おけいに言い及んだ。

「おけいが心中しかないと思い詰めたのもまた、自分には非なきことが原因だったようです」

好いた男と同じ奉公先の別の男から、言い寄られ続けたおけい。選べたのは、ただひとつ。想いを寄せている男と、入水心中する道のみとまで、追い詰められていた。

おとよから聞かされたおけい心中の顛末。

それを聞かせながら、喜八郎は別のことを考えていた。

おとよもまた、奉公先の家臣に言い寄られ続けたがため、そこを辞したに違いない、と。

長い話だったが、秀弥は身じろぎもせずに聞き入っていた。

ところが勝太郎がおけいを助けようとして、水面に押し上げて当人は沈んだくだりに話が差し掛かるなり……

札差の狼藉をも気丈に撥ねつけたあの秀弥が、うろたえたかの如くに表情を動かした。

喜八郎は口を閉じて秀弥を見詰めた。

鈴を振って仲居を呼んだ秀弥は、茶の代わりを言いつけた。今日の秀弥は、喜八郎の話の聞き役に徹するつもりでいたのだ。

茶菓の支度のすべてを仲居に任せていた。

代わりをふたりに仲居が供したところで、秀弥は口を開いた。

「この話は今日まで、亡くなって久しい母にしか聞かせたことはありません」

もともと姿勢のいい秀弥だが、さらに背筋をビシッと伸ばして喜八郎を見た。

「いささか長くなりますが、聞いてくださりましょうか？」

「存分に話してください」

答えた喜八郎は、両手を膝に載せた。

＊

先代女将（秀弥の母）が存命で、秀弥はまだ玉枝《たまえ》を名乗っていた、十二歳の六月。

玉枝は父に連れられて京の伏見稲荷大社を訪れた。

江戸には無数の稲荷神社がある。そのなかで江戸屋がお参りしているのは、大横川に水垢離場を持つ大島稲荷だった。

自前の桟橋普請が上首尾に仕上がったお礼参りに、玉枝の父・安次郎《やすじろう》は先代女将、玉枝とともに大島稲荷に参詣した。

「江戸屋さんがさらにご隆盛となりますように、安次郎さんの年回りがいい今年、思い切って稲荷社の総本山・京の伏見稲荷大社に参詣されてはいかがかの」

参詣と同時に、鳥居の奉納も果たされるのがよろしいと、大島稲荷の宮司が強く勧めた。

「伏見稲荷大社を抱える稲荷山には、祈願成就の御礼として、鳥居奉納が古くから続いておりましての」

稲荷山頂上につながる山道（参道）には、多数の奉納鳥居が建立されている。山頂を目指す参詣者は、朱色の奉納鳥居をくぐって参道を登ると、宮司は教えた。

「木の鳥居は、およそ二十年から三十年は保つと言われておりましてな」

宮司はここで玉枝を見た。

「江戸屋さんのお嬢が」

婿取りを、と言いかけた口を慌てて閉じた。そして言葉を変えた。

「次の女将となられたあとも、ご当主の奉納鳥居は達者なまま朱色も褪せず、山道に立っておりましょうぞ」

宮司の勧めは安次郎の胸に響いた。

「宮司のお勧め、てまえの胸にしっかりと刻みつけました」

その場で鳥居奉納を約束した安次郎は、伏見稲荷大社参詣の、道中手形発給も願い出た。

「旅はてまえと娘の二人分をお願いします」

女将には留守中の江戸屋を守ってもらうとし、道中手形はふたり分とした。

伏見稲荷大社参詣の道中手形は、寺社奉行の口添えもあり、滑らかに発給された。

江戸と大坂は弁財船《べざいせん》を使った。大坂と京は川舟と駕籠《かご》を利用した。

「伏見稲荷大社の社殿は平地にありますが、千本鳥居をくぐりながらの山道を行くには、相当の覚悟がいりますぞ」

旅立ち五日前、安次郎と玉枝は大島稲荷の宮司から、伏見稲荷大社参詣の心構えを説かれた。

奉納鳥居をくぐるためには、きつい山道を登らねばならない。

「お嬢には、この股引半纏《ももひきばんてん》がお似合いであること、請け合います」

玉枝の参詣装束も山登りの足袋も、富岡八幡宮の神輿担ぎ装束の店が誂《あつら》えた。

大島稲荷宮司が認《したた》めた奉納願いが効いて、伏見稲荷大社では鳥居建立は即日、受理された。奉納金額二百両は、三井両替店の為替切手で納めた。

受理された翌日、夏日が威勢を放つ前の五ツ（午前八時）から、安次郎と玉枝は稲荷山登りを始めた。

本殿裏手の千本鳥居口から入ると、すぐさま登り道となった。その名の通り、山道の両側をわたる形で朱塗りの鳥居が立っていた。

どこまでも切れ間なしに続く鳥居には、奉納者の名と年月日が記されていた。

「仕上がるまでには、半年以上がかかると聞かされたから」

鳥居の脇で足を止めた安次郎は、朱色の柱を撫でながら玉枝に話しかけた。

「江戸屋の鳥居は早くても、来年春の建立となるだろう」

いまから建立を待ちわびながら、鳥居を撫でる安次郎の顔を、夏の朝の木漏れ日が照らしていた。

稲荷山のいただきを目指して続く山道は、果てしなく続いた。登りが急な箇所には、石段が設けられていた。

一歩ずつ石段を登ったさきは、階段の踊り場のように平らな場所が用意されていた。

「こんな高みから都を一望にできるとは」

諸国を旅してきた安次郎だが、京は初めてだった。まだ若い朝の陽が、民家の屋根を照らしている。

家並みが物差しで測ったかのように、きちんと並んで建てられていた。

「都の道はマス目に造られていると聞いていたが、まさしくマス目だ」

感嘆の声を漏らす父の脇で、玉枝も都の整った眺めに見とれていた。

山のいただきをぐるりと周回してから、来た道を引き返し始めた。が、途中の三ッ辻が上り下りの分かれ道となっていた。

辻から先、父娘は本殿への近道を進んだ。ずんずんと下り、本殿まで残り数十段となったところで、安次郎が足を止めた。

お産場稲荷の立て札を目にしたからだ。ここも稲荷社らしく、鳥居前を男が竹ぼうきで掃除していた。

「初めて通りかかった、旅の者ですが」

安次郎は男にお産場稲荷の由緒を問うた。

「ここは稲荷の神様のキツネはんが、子を産みはった場所ですのや」

男は鳥居の先の社殿を指し示した。

「安産祈願やら、子宝を授かりますようにの祈願には、佳《よ》き御利益がありますで」

聞き終えた安次郎は男に礼を言い、玉枝を連れて境内に入った。いま下ってきた、稲荷山のいただきが遠望できた。

巾着から一分銀を取り出し、賽銭して二礼・二拍手・一礼をして想いを口にした。

玉枝も父に倣《なら》い、柏手を打ち礼をした。

安次郎がなにを祈願したのかは、江戸に帰ってから母と一緒の場で聞かされた。

「おまえにも女将同様に、佳き娘を授かりますようにとお願いをしたのだ」

江戸帰着後、安次郎は大島稲荷宮司に、お産場稲荷での子細を話していた。

「いつの日にか、おまえにはもう一度お産場稲荷に詣でて、わたしの祈願成就の御礼言上をしてもらいたい」

玉枝を見詰める安次郎の目には、温かみに満ちた潤いが宿されていた。

＊

「わたしが十七の年、父とハゼ釣りに出かけました」

江戸湾にハゼの群れが幾つもいるとの評判が広まり、その日の海は釣り船で埋まっていた。

昼過ぎに天気が急変して雨降りとなり、風も出てきた。

帰りを急ぐ船が先を争い、方々で舳先《へさき》を他の船にぶつける騒ぎが生じていた。そんな釣り船の一杯が、安次郎と玉枝の船の横腹にぶつかってきた。

船頭がかわす間もなく、船は横転した。玉枝も安次郎も海に投げ出された。

泳ぎのできない玉枝は、着衣のまま沈み始めた。もがけばもがくほど、沈み方が増した。

そんな玉枝の下に潜った安次郎は、玉枝を海面へと押し上げた。そして力が尽きた。

船頭が助けに潜ったときには、安次郎の姿はすでに失せていた。

＊

「命を助けてくれた父の頼みを、わたしはまだ果たすことができていません」

お産場稲荷と奉納鳥居。

「父の祥月命日は八月八日です」

これを明かした秀弥は、涙で膨らんだ目で喜八郎を見詰めていた。

六

江戸屋を出たとき、すでに七ツを過ぎていた。陽は西に傾いていたが、まだ町に明かりは残っていた。

喜八郎は宿には向かわず、大島稲荷へと足を進めた。男が命を賭して女を助け上げた水垢離場を、いま一度見ておきたかったのだ。

大横川の水面を、沈みゆく夕陽が照らしていた。

大島稲荷に着いた喜八郎は、社殿に向かって一礼してから水垢離場へと進んだ。そして大横川に目を向けた。

日暮れ前に、積み荷を荷揚げしたいのだろう。荷物満載の大型はしけが、先を走る小型舟に並びかけ、そのあと一気に抜き去って黒船橋方面へと船足を急がしていた。

大型はしけは後方に波を生じさせていた。その波をまともに食らった小型舟は、左右に大揺れを始めた。

船頭はしかし、抜き去って波を生じさせた大型はしけに毒づきもせず、巧みに櫓《ろ》を操って波をやり過ごした。

おのれの技に確かな覚えがあれば、慌てることはない……

小型舟の船頭の櫓さばきが、なまこ壁の二七といかに向き合うかを示してくれていた。

二月十四日、九ツ半。喜八郎は羽織袴の正装で、下田屋を訪れた。

「どちらさんでやしょう？」

表向き稼業の口入れ屋手代とも思えぬ口調で、きつい目つきの男が、土間に立った喜八郎に問いかけた。

「わたしは深川蓬萊橋の損料屋当主、喜八郎と申します」

なまこ壁の二七さんに取り次いでいただきたいと、手代を見詰めて告げた。

喜八郎は相手を、わざと二つ名で呼んだ。

「おめえ、なにもんでえ」

手代の物言いも態度も激変した。その尖った声が帳場にまで聞こえたようだ。いきなり三人が連れ立って出てきた。

その三人の真ん中の男に目を合わせた喜八郎は、もう一度同じことを口にした。

三人とも壺振りで、相手の技量を見抜く眼力を備えていた。

「用向きを聞かせてくだせえ」

三吾朗とおぼしき男が、落ち着いた物言いで問いかけてきた。

「おけいさんと勝太郎さんについて、二七さんに聞かせたいことがあります」

土間に立った喜八郎は微動だにせず、三吾朗に目を合わせてこれを告げた。

「喜八郎さんとやらの検分をしねえ」

すでに名乗った声は、帳場にも聞こえていたらしい。危ないものを持っていないかを確かめさせてから、三吾朗は奥に入った。その後、二七の指図を受けて戻ってきた。

「上がってくだせえ」

三吾朗は喜八郎を二七の居場所に案内した。いかにも賭場の貸元ならではの、長火鉢の向こうに座して、二七は喜八郎と向き合った。

「若いのが聞き損じたのかもしれねえ」

もう一度、用向きを聞かせてくれと二七は切り出した。

「初午の真夜中、深川の水垢離場で心中に出くわしました」

喜八郎があらましを話す間、二七は口を閉じて聞き入った。聞いている間、喜八郎の目を二七は見詰め続けた。

「貸元の承知をいただければ、おけいさんはしばらくうちで預からせてください」

これ以上のことは言わず、喜八郎は話を閉じた。

「勝太郎はどうなっておりやすんで？」

意外にも、二七はていねいな口調で質《ただ》した。

「おけいさんを水面まで押し上げたところまでが寿命だったのでしょう」

亡骸《なきがら》はまだ回向院に上がっていないと、喜八郎は結んだ。詳しく言うまでもなく、この言い方で、喜八郎は役人と結びつきがある旨を二七に示していた。

「それで……喜八郎さんは、なにが望みでやすんで？」

問いかけた二七の眼光は鎮まっていた。

「勝太郎さんは、おのれの命を賭しておけいさんを助けました」

あとはおけいさんの願う生き方をさせてやることが、勝太郎さんへの供養にもなる。

「男がおのれの寿命を断ってまでの願いほど重たいものを、わたしは他に知りません」

これを口にした喜八郎は、勝太郎と安次郎のふたりを思い浮かべていた。

二七は口先には惑わされず、始末を命ずるにはためらいも容赦もない男だと、喜八郎は判じていた。

かたわら、本気で命を断とうとした者が命拾いをしたことには寛容だろうとも考えた。

おけいは本気で入水した。勝太郎はおのれの命を踏み台にして、おけいの命をつないだ。

本気で死のうとした者が命拾いをしたとき、二七はもう一度とどめを刺すような男ではないと読んでいた。

「おけいさんは早桶のなかまで、下田屋さんのことは固い封をして持ち込むでしょう」

喜八郎が言い終えたあと、ひと息をついてから二七が応じた。

「喜八郎さんに預けましょう」

二七の目元がわずかにゆるんだ。

「ほかになにかありやすかい？」

「ひとつあります」

喜八郎も窪んだ目を和ませた。

「給金を納めた金壺を、居室の土間に埋めてあるそうです」

来世には無用だと考えて、土間に残して行ったそうです……

喜八郎が言い終えると、二七が声を張って若い者を呼びつけた。

「おい、やっこ！」

廊下を鳴らして若い者が駆け寄ってきた。

さくら湯桜餅

一

寛政七年三月二日。深川一帯は日の出からすでに春真っ盛りの陽気だった。

今年は元日から、暦より季節が一ヵ月ほど先を進んでいた。

三月二日が春爛漫なのも道理で、明後日はもう二十四節気の「穀雨《こくう》」なのだ。

春の雨が、すべての穀物を潤すといわれるこの日。深川の野菜畑でも、夜明け直後から一斉に種まきが始まることになるだろう。

そんな穀雨間近の五ツ半（午前九時）どき。

「親方はおいででしょうか？」

鶴歩橋たもとの川並《かわなみ》宿・一番組の土間で、手代身なりの男が大声でおとないを投げ入れた。

一番組は川並（いかだ乗り）だけの男所帯で、炊事番も通いの男だ。

「ごめんくださあああい……」

二度目のおとないの声で、奥から股引半纏《ももひきばんてん》姿の男が出てきた。半纏の肩から袖口まで、鮮やかな赤筋が染められている。

宿のかしらだけが着用できる棟梁半纏だった。

「そのつらじゃあ、当たりがあったらしいな」

手代を見るなり、当主の橋蔵《はしぞう》が見当を口にした。

「親方のお見立て通りでした」

種苗屋《たねなえや》のまだ年若い手代は、揉み手をしながら声を弾ませた。

「もうじき穀雨ですから、うちもいつもより一刻も早くから商いを始めました」

川並宿の土間に立ったまま、手代は一気にしゃべり出した。橋蔵が言い当てた通り、吉報を持ち込んできたようだ。

永代寺が撞《つ》く明け六ツと同時に、この手代が奉公している種屋は店開きしていた。

今朝は早々と雨戸を開いたら、すでに十数人の客が列を作っていた。

そのなかに損料屋のおとよもいた。損料屋の賄《まかな》いを任されているおとよは、季節ごとにタネを買い求めに来る得意客だった。

いつもはひとりだったが、今朝のおとよは若い女を連れていた。木綿のあわせを着た身なりは、おとよの手伝いに見えた。

おとよは手代に女を顔つなぎした。

「しばらく、うちの手伝いをしてくれるおけいさんです」

さんづけで呼ばれたおけいは、みずから名乗りはせぬまま、手代に辞儀をした。

「平助《へいすけ》と言います。どうぞよろしく」

手代はおとよとおけいを交互に見てから辞儀をした。おけいと名乗られて、胸の内では相好を崩していた。一番組の橋蔵に、佳《よ》き報せができると思ったからだ。

早朝の客足が一段落するなり、平助は番頭の許しを得てから一番組へと駆けつけた。

「手数をかけたぜ」

橋蔵は一分金を駄賃に握らせた。

「今後とも、よろしくお願い申し上げます」

一分金を喜んだ手代は、深々と辞儀をして一番組の土間から出て行った。

帳場に戻った橋蔵は、差配のやり源《げん》を呼び寄せた。

やり源は今年が厄年の橋蔵より、三歳年上である。大柄で五尺七寸（約百七十センチ）の上背があった。

その背丈の倍もある大波でも、怯えずに突っ込むことから、だれもが敬いを込めて「やり源あにさん」と呼んでいた。

帳場に入るなり、やり源は橋蔵の顔を見て言い当てた。

「やっぱり損料屋さんに助けられておりやしたんで？」

丸太置場で勝太郎に稽古をつけながらも、やり源は鶴歩橋を駆け渡ってきた平助を目にしていた。

おけいを助け上げたのは損料屋と判じたのもやり源だった。

「今回も、おめえの見当通りだったぜ」

橋蔵は正味でやり源の眼力を称えていた。

＊

二月十一日、四ツ（午後十時）。

橋蔵とやり源は新しい組み方の「八ならびいかだ」を、深夜の大横川河口近くで試していた。

杉の丸太八本を、横一列に組むのが「八ならび」だ。大横川の川幅から一間（約一・八メートル）のゆとりしかない。しかし腕利きの川並なら、いかだを操るのは可能だ。

八本並びで組み上げると、格段に能率は上がる。それの稽古で二月十一日の深夜、橋蔵とやり源は闇に包まれた川にいた。

ひっきりなしに船が行き交う大横川でも、四ツ過ぎに走るのは猪牙舟《ちょきぶね》くらいだった。

河口から川上の黒船橋まで、三度の往復を済ませたあと、宿に帰ることにした。

満足のいく稽古ができたからだ。

龕灯《がんどう》に火を灯《とも》して進み始めたとき、永代寺が真夜中を撞き始めた。その鐘に重なるようにして、多数の男衆が水垢離《みずごり》場に集まってきた。

連中は蓬莱橋の損料屋だと、やり源には分かっていた。大島稲荷の宮司から、喜八郎たちが初《はつ》午《うま》参りの水垢離を続けていると、聞かされていたからだ。

異変は鐘と同時に生じた。

九ツの鐘が撞かれ始めるなり、川に身投げした音を、やり源も橋蔵も聞いた。

水音がするなり、損料屋の面々が川に飛び込んだ。

やり源は直ちに棹《さお》を川底に突き立てて、いかだを止めた。川に飛び込んだ助っ人の邪魔にならぬように、だった。

半町（約五十五メートル）ほど離れていたが、夜目の利くやり源には水垢離場の様子は見て取れた。

女を抱え上げて、連中が石畳を戻り始めたところで、やり源はいかだを出した。

飛び込み女はこれで助かると、やり源も橋蔵も安堵していた。

ところが水垢離場から川上に四半町走ったとき。

「やり源、止めろ！」

川面を龕灯で照らしていた橋蔵の声が、闇を切り裂いた。逆棹で、いかだが急停止した。うつ伏せになった男が浮いていた。

川並は一瞬も無駄にはしない。棹はやり源に任せて、橋蔵が川に飛び込んだ。そして男の襟首を掴み、いかだに引き寄せた。

大柄なやり源は腕力も強い。ずぶ濡れの男を、一気にいかだに引き上げた。

心中の片割れ、勝太郎だった。

橋蔵もやり源も溺れた者の手当には心得がある。勝太郎を助け上げたあと、やり源はいかだを急がせて宿に向かった。

いかだの上では橋蔵が勝太郎の身体を押して、呑み込んだ川水を吐き出させていた。

鶴歩橋の宿は蘭学医者高田《たかだ》信託《しんたく》と隣り合わせだ。

「橋蔵さんの処置で川水はほぼ吐き出していたが、凍えが身体に取り憑いている」

信託が調剤した薬湯を綿に含ませて勝太郎に与えた。三日が過ぎて、二月十五日の午後、勝太郎は正気を取り戻した。

「じつは……」

おけいと心中を図ったことを明かしたあと、真っ先に問うたのがおけいのことだった。

「来世に連れていければと願い、心中直前に身体を重ねました」

子よ授かれと願い、おけいの内にしたたかに果てた。九ツを合図に、ふたりはほぼ同時に飛び込んだ。

おけいに迷いはなく、両方のたもとには石を詰めていた。

沈み始めるなり、勝太郎はおけいを死なせてはならないと思い直した。

おけいは絶対に、ふたりの間に授かった子を身ごもっていると、川水のなかで瞬時に確信したのだ。

おけいと子を死なせてたまるかとの想いが、勝太郎の内で沸き立った。

水を呑みながら、おけいを川面へ押し上げた。誰かが飛び込む音を感じたあと、勝太郎は沈んだ。そして気を失った。

息を吹き返すまで、勝太郎は夢も見ていなかった。

「死にかけたひとは、お花畑を歩いていただの、川の手前で呼び戻されただのと言っていますが……」

勝太郎にはおけいを押し上げたことのほかには、なにひとつ記憶がなかった。それゆえ、真っ先におけいのことを問うたのだ。

「九分九厘、助かっているはずだ」

子細を聞かせたのは橋蔵だった。

「確かめねえことには、はっきりとは言えねえが、あんたの相手……おけいてえひとは、あの夜に初午参りの水垢離場にいた男衆に助けられたはずだ」

勝太郎が息を吹き返すまでの四日間を使い、橋蔵は蓬萊橋の損料屋を探らせた。橋蔵は耳の大きい聞き込みの辰を使っていた。

「損料屋のあたまは喜八郎てえ男で……」

辰が名を明かすなり、あとの口を橋蔵が遮った。

「喜八郎さんのことなら、氏子総代から幾度も聞かされている」

いきなり口を抑えられた辰は、頬を膨らませ気味にした。聞き込みが生業《なりわい》の辰が、手間をかけて聞き出した喜八郎の名だったのだ。

「気をわるくしねえでくれよ、辰っつあん」

橋蔵が物言いを和らげた。腕利きの耳という辰の誇りを傷つけたと察してのことだ。

「喜八郎てえひとのことは、総代が高く買っておいでだもんで、おれも名めえを知っていただけだ。喜八郎さんと損料屋のことを、おめえさんが聞き込んだ限りを聞かせてくんねえ」

橋蔵は下手に出て、尖り気味だった辰の口を解《ほぐ》しにかかった。

橋蔵の気性を熟知している辰は、顔から尖りを消して話し始めた。

「初午の真夜中に損料屋の面々が助け上げたのは、心中を図った片割れのおけいてえ女でやした」

さすが腕利きの耳である。辰はおけいが奉公していた下田屋のことに止まらず、喜八郎がおけいのことで筋を通しに出向いたことまで調べ上げていた。

とはいえ、損料屋からの聞き込みは一切できず仕舞いだった。

おけいを助け上げた顚末は、あの夜の荷車の修繕を請け負った車輪屋の職人ふたりが漏らしていた。

損料屋には自前の荷車はもちろんあった。ところが稲荷神社に向かう途中で、車軸が折れた。五右衛門風呂の支度が重すぎたのだ。

幸い、車輪屋は途中にあった。さらに幸いだったことに、注文に追われて四ッ前でもまだ職人たちは仕事を続けていた。

事情を知った親方は、まだ日の浅い職人ふたりを同行させてくれた。

初午当日の昼前、嘉介は車輪屋の親方に職人ふたりを出してもらった礼を言いに出向いた。

「すでにお聞き及びでしょうが……」

嘉介は親方に、心中の片割れを助け上げた顚末を話した。

「ふたりとも本所の下田屋の奉公人でした」

嘉介はこれしか言わなかった。その話を親方は職人ふたりに聞かせた。

女を助け上げたあと、職人たちは損料屋まで同行していた。

往路よりも積み荷（助けた女）が増えていたのだ。荷車が途中でへたらぬよう、見届けるための同行だった。

「心中を図ったのは本所の下田屋の奉公人だったそうだ」

親方から聞かされたふたりが、腕利きの耳に見たこと、聞いたことを喋った。

辰は下田屋の賭場で何度も遊んでいた。若い者とも付き合いを保っていた。

耳の大事なネタ元だったのだ。

「おめえんところの奉公人ふたりが、手に手を取ってふけちまったてえ話を聞いたぜ」

「おめえさんの耳のでけえのには、正味でたまげたぜ」

若い者は、洗いざらいを聞かせた。辰は話の聞かせ代を惜しまなかったからだ。

「女はおけいで、男は勝太郎だが」

若い者は声を潜めてあとを続けた。

「勝太郎はそのまま浮かばず仕舞いだ。この先数日のうちに、回向院河岸に土左衛門となって上がるだろうよ」

おけいの身は、損料屋が引き取っていた。

「貸元のところに、おけいの身請け談判にきた損料屋は、ただ者じゃねえ」

なまこ壁の二七を相手に、おけいが埋めていた蓄えの壺まで持ち帰った……

若い者は喜八郎の肚《はら》の据わり方を称えた。下田屋手代を名乗ってはいても、素性は渡世人である。

喜八郎の大きさを、正しく見抜いていた。

「勝太郎とおけいがそんな仲だったとは、おけいに懸想《けそう》していた三吾朗あにいも知らなかったらしい」

三吾朗が壺振りだと、辰は承知していた。

「それで三吾朗さんは？」

「貸元からじかに、おけいへの手出し無用を言われたらしいが……」

得心していないようだと、若い者は結んだ。

「さすがは辰さんだ、まったく抜かりがねえ」

聴き終えた橋蔵は、一分金八枚（二両）をポチ袋に納めて手渡した。

辰が帰ったあと、橋蔵はやり源を氏子総代の宿に差し向けた。

「一日でも早く、喜八郎さんとの面談を調《ととの》えて欲しいと頼んでくれ」

「がってんでさ」

やり源は即座に立ち上がった。

氏子総代は橋蔵と同等、もしかしたら橋蔵以上にやり源を可愛がっていた。

急な頼みだがやり源を差し向ければ、総代は引き受けてくれると確信していた。

大丈夫とばかりに、長火鉢の五徳に乗せた鉄瓶が、威勢のいい湯気を噴き出し始めた。

＊

二

総代の都合で橋蔵と喜八郎の面談は、三月三日四ツ（午前十時）からとなった。この朝は五ツ（午前八時）から富岡八幡宮社務所で、今年の本祭りについての第一回寄合が決まっていた。

総代には大事な寄合だが、早めに打ち切ると橋蔵に約束していた。途中で打ち切りもやむなしと考えるほどに、喜八郎と会うのを楽しみにしていたのだ。

総代は冬木町の鳶《とび》のかしら禎三郎で、三十人の鳶を配下にしていた。

面談の場所も自身の、冬木町の宿である。

喜八郎には嘉介が、橋蔵にはやり源が同行した。

急な呼び出しで、しかも川並宿のあるじ橋蔵とは、一面識もなかった。さらに言えば、面談の用向きも分かっていないのだ。

そんな呼び出しでも、総代からなら喜八郎には異存はなかった。総代が間に入っているということが、一番の信頼だったからだ。

正月の興行では、総代の尽力で富岡八幡宮境内を使うことができたのだ。

嘉介を伴った喜八郎が鳶宿の前に立つと、若い者が近寄ってきた。軽業《かるわざ》興行の段取りで、喜八郎の手伝いについていた三樹助《みきすけ》である。

「総代は間もなく、富岡八幡宮からけえられやす」

橋蔵とやり源はすでに上がっていると、小声で教えた。

橋蔵からの呼び出しだったのだ。先に上がって待っているのは、当然の礼儀だった。

鳶宿の土間はどこも広い。そんななかでも禎三郎の鳶宿は土間だけで二十坪もあった。

三樹助の案内で履き物を脱ごうとしていたところに、禎三郎が戻ってきた。足を急がせてきたのだろうが、息遣いに乱れはなかった。

「いきなり呼び出したりして、迷惑じゃなければいいが」

「総代からなら、いつにても出向いてきます」

喜八郎の返答は世辞でも追従でもないのを、禎三郎は承知していた。

「橋蔵は？」

禎三郎は三樹助に質《ただ》した。

「差配とともに、上がっておられやす」

当然と受け止めたあと、禎三郎は急ぎ履き物を脱いだ。喜八郎と嘉介は自分たちの履き物を揃えて、禎三郎に従って上がった。

「橋蔵のことは当人の前で、喜八郎さんに聞かせよう」

「うけたまわりました」

喜八郎の返答を了とした禎三郎は、橋蔵たちを待たせている広間へと向かった。

広間は二十畳大の板の間だった。火消し稽古にも木遣り稽古にも使う床は、すべて樫板造りだ。

これだけの広さがありながら、樫板の柾目《まさめ》が見事に揃っていた。

広間の天井には、三カ所の明かり取りが設けられている。四ツ過ぎの陽光が、明かり取りを通して床板を照らしていた。

日々の手入れに怠りはないらしい。たっぷりと降り注いでいる陽光が、柾目の美しさを際立たせていた。

禎三郎の居場所は、この広間である。板の広間こそ、鳶の本分と心得ているのだろう。

見せかけの華美など無用とする生き方が、形となった広間だった。

板の間の北の一角には神棚が設《しつら》えられており、神棚下には長火鉢が置かれていた。

広間に入ってきた禎三郎たちを目にするなり、橋蔵とやり源が立ち上がった。

喜八郎・嘉介と、橋蔵・やり源が向き合ったところで、禎三郎が顔つなぎを始めた。

「この男が喜八郎さんとの面談をおれに頼んできた、川並宿一番組あるじの橋蔵さんと、差配のやり源さんだ」

橋蔵と、大柄なやり源が会釈で答えた。禎三郎は続いて、喜八郎と嘉介の紹介を始めた。

「蓬莱橋で損料屋を営んでおいでの喜八郎さんと、頭取番頭の嘉介さんだ」

小さな所帯の損料屋だと知っていながら、禎三郎は頭取番頭だと言った。

禎三郎は、わざと盛ったうえで、嘉介の出方を見ようとしたらしい。

人柄の練れている嘉介は照れもせず、平気な顔で橋蔵とやり源に会釈を返した。

禎三郎は当主以上に、片腕として仕える代貸格の人物を注視していた。いかなる代貸を従えているかで、当主の大きさを判じてきた。

嘉介を了とした禎三郎は、いま改めて喜八郎を高く買うことにしたようだった。

顔つなぎが終わったあと、禎三郎は長火鉢の向こうに座った。

橋蔵と喜八郎、やり源と嘉介が向かい合う形で座っていた。

「ここから先は、おれに遠慮は無用だ。互いに好きなように話し合ってくれ」

おれは聞き役に回ると告げて、この面談を頼んできた橋蔵に場を渡した。

「あらためやして、あっしは鶴歩橋たもとで川並宿を切り盛りしている橋蔵と申しやす」

「お初にお目にかかります、喜八郎です」

喜八郎が言い終えると、橋蔵はあぐらを組み直した。

「じつは喜八郎さん、あっしとやり源は、すでに喜八郎さんたちと出くわしておりやす」

喜八郎も嘉介も橋蔵に問いかけはせず、相手の目を見て、あとの言葉を待った。

長火鉢の向こうから、禎三郎は喜八郎と嘉介の動きに気をはらっていた。

「二月十二日に日付が変わったばかりの真夜中、あっしとやり源は大島稲荷近くの、大横川におりやした」

これを聞いて、嘉介が口を開いた。

「闇で定かには見えなかったが……」

嘉介はあの真夜中を思い出しながら、話を続けた。

「いかだが水垢離場の下手《しもて》にいたと、若い者が言っておりましたが、そのいかだにあなたがたが？」

嘉介の問いに橋蔵は深くうなずき、そして続けた。

「心中の片割れを、喜八郎さんたちが助け上げた一部始終を見ておりやした」

橋蔵が言い終えると、喜八郎が問いかけた。

「あのとき助け上げたのは女人で、相手は沈んだまま流されたらしく、見つけられませんでした」

橋蔵を見詰める喜八郎の目が光を宿した。

「もしや橋蔵さんたちは、男を見つけられたのですか」

生き死には、三月三日のいまも不明のままだ。喜八郎はあえて、あのとき遺体を見つけたのかとは問わなかった。

橋蔵は答えず、喜八郎を見ている。やり源も同じだった。

これで喜八郎は察した。

「橋蔵さんたちは、あの男……勝太郎さんを助け上げたのですね」

静かな物言いだったが、脇に座している嘉介が驚き顔を喜八郎に向けた。

まさか、そんなことがと、嘉介の目が喜八郎に問いかけていた。

「お察しの通り、勝太郎はうちにおりやす」

嘉介は仰天していたが、喜八郎の窪んだ目は、光を宿したまま橋蔵を見詰めていた。

大島稲荷神社の水垢離場で心中騒ぎがあったなどとは、総代禎三郎でも耳にしていなかった。

女を助けた喜八郎も、勝太郎という男を助けた橋蔵も、配下の者にはきつく口止めをしていたからだと、禎三郎は判じた。

この話、いったいどこに向かうのかと、先を楽しみにしながら禎三郎は鈴を振った。

若い者に茶の支度を言いつける鈴だった。

＊

「川並てえ稼業がら、あっしもやり源も、溺れた者の助け方は心得ておりやす」

あの夜、川から引き揚げた勝太郎にどんな応急処置を加えたのか……

三樹助が供した茶で口を湿しながら、橋蔵は子細を話し始めた。

「うちの宿の隣には、蘭学医者がおりやす」

信託を知っていた嘉介は、うなずきながら聞いた。

「信託先生が調剤してくれた薬湯が効いて、勝太郎は四日目に息を吹き返しやした」

生気を取り戻したあと、自分の名を勝太郎だと明かした。そして心中相手はおけいだとも教えた。

「勝太郎が真っ先に訊いてきたのは、おけいは助かったのか、でやした」

毎年の初午参りを知っていたやり源は、助け上げてくれたのは蓬萊橋の損料屋だと勝太郎に教えた。

おけいと勝太郎が本所の下田屋の奉公人だったことも、橋蔵は勝太郎から聞かされた。

「あっしが聞き込みに使っている男は、下田屋の賭場に出入りしておりやす」

喜八郎が下田屋に出向き、おけいには手出ししないとの言質を二七から取りつけたこと。おけいの蓄えまで掘り出してもらったことを、聞き込んでいたことも明かした。

「たいした耳の大きな聞き込みです」

腕利きの耳を使っておいでだと、喜八郎は正味の物言いで辰を褒めた。

気をよくした橋蔵は、辰が聞き込んだ残りも明かし始めた。

「下田屋の賭場には、三吾朗てえ名の壺振りがいるのはご承知でやすね？」

うなずいた喜八郎は、おとよから聞かされたことを橋蔵に話した。

「おけいさんは三吾朗の懸想がひどくなったのがいやで、想いを寄せていた勝太郎さんとの心中に至った」

おけいも勝太郎も配下ではない。喜八郎はふたりをさんづけで呼んだ。

「今生《こんじょう》では夫婦になれぬからと、ふたりは来世に望みを託すつもりで、大横川に入水したと聞いています」

「まさに、そこなんでさ」

橋蔵は三吾朗のことを話し始めた。

「喜八郎さんとのやり取りで下田屋の貸元は、おけいには手出し無用と、三吾朗に釘をさしたてえんですが……」

茶をすった橋蔵は、語調を変えて続けた。

「いまでもおけいさんに、強い未練があるてえ話でやす」

ここで嘉介が割って入ってきた。

「十日ほど前ですが、渡世人風の男が、うちの周りをうろついていると賄いのおとよから聞いた覚えがあります」

嘉介は喜八郎に、いま初めて明かした。

「おとよが男を見たのは、その一度だけだったゆえ、放っておきましたが……」

嘉介が案じ顔で、あとの口を閉じた。

ひと息をおいてから、喜八郎が話し始めた。

「下田屋の二七さんは、勝太郎さんは死んだと判じたがゆえ、おけいさんのこともこの先の手出しは無用だと承知してくれました」

二七は約束を守り、談判のあとはおけいに一切の手出しをせぬまま、今日に至っていた。

「勝太郎さんが生きているとなれば、話は根底から異なります」

喜八郎の声が、わずかに大きくなった。長火鉢の向こうで、目を閉じて聞き入っていた禎三郎が目を開き、喜八郎を見ていた。

「生きていると聞かされながら、このまま黙っているのは、貸元をたばかることです」

喜八郎が強く言い切ると、あぐら組みの橋蔵とやり源が背筋を伸ばした。

「今日はすでに三月三日……勝太郎さんが息を吹き返したのは、幾日でしょうか」

「二月十五日でさ」

橋蔵は即答した。

「すでに二十日近くが過ぎています」

喜八郎は天井を見た。明かり取りから差し込む春の陽光が眩しいのだろう。

考え始めた。嘉介は喜八郎の脇で、息を潜めて座していた。

目を開いた喜八郎は、橋蔵を見て
「あの貸元に、言いわけは通用しません」

目を合わせている橋蔵は、深くうなずいた。

「おけいさんのときとは、比較にならないほどにきつい談判となりますが、もはや一日たりとも先延ばしはできません」

このまま本所の下田屋に出向くと、橋蔵に告げた。

「富岡八幡宮の大鳥居下で、辻駕籠《つじかご》が着け待ちしているのは、毎日のことでしょうか？」

橋蔵に問うと、長火鉢の向こうから禎三郎が答えてきた。

「いまなら新太郎《しんたろう》と尚平《しょうへい》が担ぐ深川駕籠が着け待ちしているはずだ」

立ち上がった禎三郎は、喜八郎のそばまで近寄ってきた。

「おれから言われたと言えば、飛び切りの速さで本所までかっ飛ばす」

言っている途中で気が変わった。

「大鳥居下のことなら、おれの仕切りだ」

そこまで出向き、駕籠舁《か》きに言い聞かせると請け合った。

「あっしもご一緒させてくだせえ」

橋蔵が同行を願い出た。

「勝太郎を助け上げた顚末は、あっしが話したほうが間違いがねえ」

勝太郎の様子も詳しく話せると、橋蔵は喜八郎との間合いを詰めた。

「同行願えれば助かります」

喜八郎は一瞬もためらわず、橋蔵の申し出を受け入れた。

「飛び切りの駕籠舁き選びは、おれに任せてくれ」

請け合った禎三郎は真っ先に立ち上がり、土間へと向かっていた。

三

禎三郎の宿から富岡八幡宮大鳥居下に向かうには、南への一本道を使う。

三樹助が先に立ち、禎三郎・橋蔵・喜八郎を先導して大鳥居下へと向かっていた。

嘉介とやり源は三人とは別行動である。やり源の案内で、鶴歩橋たもとの一番組へと向かっていた。

嘉介も喜八郎も、勝太郎のことは名前しか知らないのだ。

喜八郎が二七との談判に臨んでいる間に、嘉介は勝太郎と向き合う気でいた。

喜八郎もそれを承知していた。

禎三郎たちが歩いているのは、道幅二十間（約三十六メートル）の大路である。陽の高いいまは、行き交う者もほとんどいなかった。しかし夜には、通行人で大路の地べたは見えなくなった。

江戸中に名を知られた神社の多くは、周りに射的場などの遊戯小屋、茶店、そして遊女屋を抱えていた。

御府内からはもちろん、諸国から江戸見物に出てきた旅人が目当てである。

これらの建屋が並ぶことで、門前町のにぎわいに通ずる。寺社も参道沿いの商店なども、杓子定規なことは言わず見逃していた。

江戸一番の富岡八幡宮とて、事情は同じである。

遊里と町家との仕切りとなる大門が、前方に見え始めたとき。

東に向かえば鶴歩橋という辻で、三人の最後尾を歩いていた喜八郎が、足を止めた。

履き物の尻金が地べたを打つ音が失せた。

ずんずんと進みながらも、後続の気配を背中で察している三樹助である。すかさず立ち止まり、喜八郎に駆け寄った。

禎三郎と橋蔵も喜八郎に寄った。

「どうかしたのか、喜八郎さん」

辻駕籠舁きの新太郎が、いつまで大鳥居下にいるかは不明である。客がつき次第、その場を離れるからだ。

穏やかな物言いながら喜八郎を見る禎三郎の目には、降り注ぐ天道にも負けぬ光が宿されていた。

「橋蔵さんの宿は」

喜八郎は東を指さしていた。

「あの橋のたもとですね？」

「そうでやすが、それが、なにか？」

橋蔵の声には問いかけをいぶかしむ思いが、強く滲んでいた。一番組と勝太郎のことなら、やり源の案内で嘉介が向かっていたからだ。

「うかつにも嘉介に任せてしまいましたが、二七親分と向き合う前に、わたしが勝太郎さんの様子を確かめるべきです」

小声のかすれ声で、喜八郎はこれをひと息で言い切った。

滅多なことでは、長い物言いなどしない男である。聞いていた禎三郎は、喜八郎の言い分を即座に呑み込んだ。

「渡世人相手の談判を担う者なら、もっともな言い分だ」

禎三郎の詫びる気持ちが目に出ていた。

「あんたより幾つも多く歳を重ねながら、そんな道理にも思いが及ばなかった」

陽の降り注ぐ大路で、鳶のかしらが喜八郎に詫びたのだ。

「抜け作はあっしでさ」

深く詫びた橋蔵は、急ぎ鶴歩橋へと歩き始めた。禎三郎と喜八郎が並んで続き、後詰めに三樹助がついていた。

＊

勝太郎からあれこれと、嘉介が聞き取りしていた一番組に、橋蔵が駆け戻ってきたのだ。知らされたやり源が土間に出た。

勝太郎と嘉介も後ろに控えていた。

やり源の脇に出た勝太郎は、禎三郎と喜八郎に辞儀をして名乗った。

二七は若い者のしつけには厳しい男である。あいさつを受けた禎三郎は、所作を了とする目で勝太郎を見て履き物を脱いだ。

喜八郎と向き合うなり、勝太郎は身体を二つに折った。喜八郎が履き物を脱ぎ終わるまで、こうべを深く垂れていた。

「わたしはいまから橋蔵親方と一緒に、二七親分との談判に臨む所存だ」

すでに嘉介とやり源から、話を聞かされていたのだろう。喜八郎を見詰め返したまま、勝太郎は深くうなずいた。

「あんたとおけいさんが入水してから日をあけずに、二七親分にお願いに上がった」

勝太郎はさらに強くうなずいた。

この子細については辰の聞き込んだ話として、橋蔵から細かに聞かされていたからだ。

「親分はおけいさんには、一切の手出しはしないと明言してくれた。のみならず、おけいさんの蓄えが納まった壺まで、掘り出して返してくださった」

喜八郎の物言いは、二七を評価していた。勝太郎がうなずかなかったのは、二七の恐い側面が身に染みていたからだろう。

「とはいえ親分がおけいさんを手放してくれたのは、あんたはあのとき大横川で、溺死したものと思ったからだ」

語調は変えず、喜八郎は続けた。

「わたしも、あんたは溺れ死んだと考えていた。それゆえ、親分とも強い談判を為した」

喜八郎が口を閉じた。川並宿の板の間が静まり返った。

「あいよう、こっちに投げねえ」

いかだ乗りたちが発する掛け声が、その静かさを破っていた。

「あんたが生きていると知れば、親分も今回は、まるで違う顔を見せるに違いない」

喜八郎は勝太郎を見据えた代わりに、語調はさらに抑えた。

「あのひとの恐い顔をわたしは見ていないが、あんたは骨身に染みているはずだ」

「はい……」

初めて勝太郎は声に出して答えた。

「あんたはこの一件を片付けるについて、いかなる止めを考えて肚を括っているのか」

口を閉じたあと、喜八郎は勝太郎を見据えた。

板の間の全員、禎三郎までもが息を止めたほどに、勝太郎と向き合った喜八郎は身体から気合を発していた。

「いまこの場で、聞かせてもらおう」

喜八郎の真っ直ぐに張られた背筋は、鋼《はがね》であるかの如くに不動だった。

長らく喜八郎に仕えてきた嘉介ですら、こんな喜八郎に接したのは、いまが初だった。

勝太郎は両手を膝に置いて口を開いた。

「大横川で果てていた命です。二七親分の手で仕置きされても文句はありやせん」

勝太郎の声を聞いて、板の間の空気が大きく揺らいだ。が、口を開く者はいなかった。

「わたしの膝元まで、間合いを詰めなさい」

喜八郎の気合いは保たれたままである。立ち上がった勝太郎は言われた通りに、喜八郎の膝元まで詰めて向き合った。

禎三郎・橋蔵・嘉介・やり源。

全員の目が喜八郎を見詰めていた。

喜八郎は背筋を張ったまま、勝太郎の目を見詰めていた。

勝太郎も目を逸らさず踏ん張っていた。が、気迫には限りがあった。

ふっと一瞬、目を逸らした。

その刹那、喜八郎の右手が目に止まらぬ速さで動き、勝太郎の頬を張った。

パシッ。

乾いた音と同時に、勝太郎の身体が横に吹っ飛んだ。

板の間の面々は、息を呑んだ音を漏らした。

賭場の若い者は、俊敏な身の動きが命だと叩き込まれている。吹き飛ばされたあとの勝太郎は、直ちに座り直した。そしてまた、喜八郎と向き合った。

「あんたの命は、もはやあんたひとりの勝手にはならない」

喜八郎の声はひときわ小さくなり、そして落ち着いていた。

「川から助け上げてくれた橋蔵親方と、差配のやり源さん……」

おけいさん、経緯を聞かされることになった禎三郎総代、そして損料屋の面々……

「縁あってあんたとかかわりを持っただれもが、無事に生きてほしいと願っている」

喜八郎を見詰め返している勝太郎の目が、湧き出る涙で膨らんでいた。

「わけてもおけいさんは、あんたの子を身ごもっているようだと、おとよさんから今朝、聞かされたばかりだ」

堪《こら》えていた勝太郎の目から、堰が切れたかのように涙が溢れ出ていた。

「親分との片を付けるために、おのれの命を賭すという肚の括り方は大事だ」

戦が収まって久しいいま、二本を佩《は》いている武士にも、覚悟ある者は多くはない……

喜八郎が静かな物言いでこれを言うと、聞いていただれもが深くうなずいていた。

「まことの覚悟なしに命を賭すと言うやからなど、二七親分は即座に看破する」

それだけの眼を備えた貸元だと、喜八郎はもう一度、二七を評価した。

勝太郎は得心したうなずきを見せた。

「そこで勝太郎さん、いま一度訊ねる」

勝太郎に向けた喜八郎の目が、昼時の陽に溢れた板の間でも、はっきりと分かる光を帯びていた。

「二七親分とは、いかなる肚の括りで臨む気であるか、あんたの存念をうかがおう」

質された勝太郎は、深呼吸のあと答えた。

「命がけの勝負をさせてもらいたいです」

勝太郎は口調を強めた。二七との談判で、喜八郎から命がけの勝負を頼んでほしいと言いたげだった。

「命がけの勝負とは、なにを指しているのか、わたしに分かるように聞かせてもらおう」

「壺振り勝負です」

勝太郎は即座に答えたあと、詳しい説明を始めた。

＊

なまこ壁の二七が得手とするのが、三番勝負だった。

客と賭場の壺振りとが向き合い、交互に壺を振る。サイコロ二個の丁半勝負だ。

賭場の壺振り三人とも、その道の玄人《くろうと》だ。自在に出目を出せる技量を備えていた。

対する客は素人だ。技がない代わり、どんな目を出すかは、振った当人にも分かっていなかった。

ゆえに玄人との勝負が成り立つのだ。

二七が三番勝負を受けるときは、客が六百両の駒札（賭け金）を用意したときに限った。

一番につき二百両。客が勝てば寺銭差し引きが支払われる。

並の勝負の寺銭は二割五分だが、三番勝負は一割五分に留めていた。

六百両が用意できて、壺を振る度胸のある客は多くはない。しかもこの勝負に挑めるのは、同一の客には一度限りである。

勝太郎は六百両の代わりに、自分の命を賭す気でいた。

配下の者に二七は高額の給金と引き替えに、絶対の忠誠を約束させていた。

二七が承知する条件を提示しない限り、抜けることはできない。抜けたい者は、命を賭した三番勝負に勝つ以外に道はなかった。

勝太郎がしる限り、命がけの三番勝負を挑んだ者はふたりだけだった。

どちらの男も負けて簀巻きにされ、鉄の重りをつけられて川底に沈められていた。

足抜きをした者が下田屋の内情を漏らすことを、二七はなによりも嫌った。足抜きができると配下の者が考えることすら、我慢ならなかったのだ。

足抜きを願い出たふたりとも、三吾朗が勝負の壺を振っていた。先に二番勝てば、三番目の勝負はない。

三吾朗はそのふたりとも、二番連勝で仕留めていた。

＊

「あんたの言い分は」

喜八郎は心ノ臓に手を当てた。

「わたしも確かに呑み込んだ。覚悟のほども理解したが……」

喜八郎の目の光は、いまも勝太郎を鋭く射貫いていた。

「あんたはまだ、死んではいない」

勝太郎は息を詰めた顔で、喜八郎を見詰め返していた。

「生きている限りは二七親分が、あんたの生殺与奪のすべてを握っている」

勝負は受けないと拒まれたときは、どう向き合うのかと質した。

勝太郎は喜八郎から後ずさり、板に手をついた。顔を伏せたまま、言葉を発した。

「一度、死ぬと決めた命でやす。生き長らえて親分や三吾朗さんの手下を続けるよりは、おけいには申しわけねえが……もう一度、二七親分の見ている前で、でけえ重りを身体に縛り付けて大川に飛び込みやす」

顔を伏せたままでも、勝太郎の決意の固さは喜八郎に伝わってきた。

「顔を上げなさい」

喜八郎の物言いは穏やかだった。立ち上がった喜八郎は橋蔵脇の、座布団なしの板の間で正座した。

「本所に出向くのを、明日の四ツに変えたいのですが、よろしいでしょうか？」

「がってんでさ」

橋蔵は即答した。勝太郎が同行することも、もちろん承知した。

「暫時、この板の間を使いたいのですが」

「存分に」

橋蔵の承知を得たあと、喜八郎は嘉介を手招きした。

「俊造をここに呼んでください」

嘉介はうなずいたあと立ち上がり、町飛脚の宿に向かった。

二七とのきつい談判に向けての支度が、音を立てて始まっていた。

四

町飛脚の俊造は深川一の韋駄天《いだてん》である。その足を存分に活かし、鶴歩橋と本所とを一刻半（三時間）で行き来した。

喜八郎の書状を二七に手渡し、返事を受け取って駆け戻ってきたのだ。

「明日、三月四日四ツで面談が調いました」

喜八郎に同行するふたりも、二七は受け入れた。両人の素性は知らされぬままなのに、二七は承知した。喜八郎が素性の確かなことを担保していたからだ。

「明朝五ツ半に三挺の辻駕籠を、この宿前に横着けさせよう」

禎三郎が手配りを引き受けた。

「きつい談判が目に見えるが、あんたなら首尾良く片付けてくれよう」

鳶宿と川並宿での喜八郎を目の当たりにした禎三郎は、談判の上首尾を確信している口ぶりだった。

「ご多忙至極の総代を引き留めてしまいました。深くお詫び申し上げます」

一段落ついたところで、喜八郎は禎三郎に心底から詫びた。

俊造が本所から戻ってくるまで、禎三郎は一番組から動こうとしなかった。その間に二度、三樹助が禎三郎に耳打ちにきた。

本祭りを八月に控えた氏子総代である。

すでに三月三日、これからは毎日、決裁が山積みなのだろう。

鳶宿を出たときは、大鳥居下まで出向き、駕籠舁きに口利きしただけで、宿に戻るはずだった。

ところが川並宿の板の間で、すでに一刻半近くが過ぎていた。三樹助が二度も耳打ちをしたのも当然の成り行きだった。

禎三郎が一番組を出るときには、喜八郎も宿の外に出て見送った。禎三郎が辻を北に折れるのを見極めてから、喜八郎は橋蔵と向き合った。

「明日五ツ半に出向いてきます」

これだけ告げて、喜八郎はひとりで鶴歩橋に向かった。嘉介はすでに損料屋に戻っていたからだ。

三月三日、七ツ（午後四時）が近いころ、喜八郎は江戸屋玄関にいた。秀弥からひな飾りを見てくださいと頼まれていたからだ。

「お待ち申し上げておりました」

迎えたのは仲居頭のすずよだった。先に立って廊下を進んだあと、すずよは内庭に面した十八畳間に案内した。

節分から今日まで、毎年この部屋にはひな飾りが蔵から出された。

今日はひな祭り当日である。

「ただいま女将《おかみ》も参ります」

言い残して客間を出たすずよと、ほぼ入れ替わりに秀弥が箱膳を抱えて入ってきた。

喜八郎に供する箱膳は、できる限り秀弥がみずから運んできていた。

ひな飾りを前にしていながら、箱膳にはさくら湯と桜餅が載せられていた。

「わたしがこの二つを、甘酒よりも喜んだことから、父は毎年これを板場に支度させてくれました」

遠い昔、亡父に連れられて京に上った伏見稲荷参詣。

その子細を喜八郎に話したことで、秀弥のこころの錠前が外れたのだろう。いままでは父との思い出を幾度も喜八郎に話していた。

「安堵させてくれる、ひな飾りです」

ひな壇に目を向けた喜八郎は簡潔な言葉で、ひな飾りの美しさを称えた。

江戸屋の身代があれば、この部屋すべてをひな飾りに使えたはずだ。が、喜八郎が初めて目にした飾りは、華美とは無縁の人形たちが緋毛氈《ひもうせん》に鎮座していた。

「伴侶を得たあとも、江戸屋で秀弥を名乗るのが、わたくしの行く末です」

秀弥の名が負う宿命を考えて父が誂《あつら》えさせた飾りですと、秀弥は初めて喜八郎に明かした。

見た目に華美さはない。しかし上段の二体は互いに横を向いて、見詰め合っていた。

喜八郎の座した場所からは、人形の所作や表情は定かには分からなかった。が、人形に込められた娘の幸を願う亡父の想いを、喜八郎は感じ取ったのだ。

短い言葉から、秀弥は喜八郎の感じたものを受け止めていた。

「おけいさんに、お変わりはありませんか」

今日はひな祭り。息災にしていればいいがとの想いが、秀弥の問いに満ちていた。

さくら湯の湯呑みを膳に戻した喜八郎は、秀弥の目を見詰めた。束の間、思案顔だったが、深呼吸のあと背筋を伸ばした。

秀弥がおけいを案じている気持ちに接したことで、勝太郎の一件を話し始めた。

「おけいさんの相手、勝太郎さんは生きています」

考えもしなかったことを聞かされて、秀弥の黒い瞳が驚きで大きくなっていた。

子細を聞き終えた秀弥は、しばし黙したまま喜八郎を見詰めていた。

雲が流れたことで、差し込む陽が揺れた。それがきっかけで秀弥が口を開いた。

「その場においでの殿方は、さぞかし勝太郎さんの決意には……」

しばしあとの言葉が出なかった。

喜八郎が見詰め返している目を見て、秀弥はようやく話に戻った。

「感じ入られたことと存じます」

喜八郎は秀弥の言葉に、目で同意した。秀弥は身じろぎもせず、あとを続けた。

「勝太郎さんはご自分の一分を貫き通されれば、命も惜しくはないのでしょうが」

秀弥の静かな声には、内から湧き出る哀しさがかぶさっていた。

「おけいさんが、あまりにも可哀想です」

秀弥はこれだけを言ったあとは、ひな壇に目を向けた喜八郎の横顔を見詰めるだけで黙し続けた。

*

ひな飾りの内にいる秀弥の亡父と、喜八郎は対話を続けていた。

気持ちに区切りがついたところで、喜八郎は桜餅を頬張った。そしてさくら湯で喉に滑らせた。

「明日は四ツから、二七親分との談判を始めます」

橋蔵と勝太郎が同席ですと言い添えて、喜八郎は立ち上がった。

玄関まで見送りに出た秀弥は、小声ながら明瞭な物言いで口にした。

「今夜はおけいさんの身を、うちで預からせてくださいまし」

有無など言わせぬ、武家もかくやの気迫に満ちた物言いだった。

損料屋に戻った喜八郎は、居室におとよを招じ入れた。

水垢離場でも肝の太い振舞いに終始した、あのおとよでも、部屋に入ってきたときは顔をこわばらせていた。

喜八郎は前置きを省いて、勝太郎が生きていることを話した。それ以上はなにも言わずに留めた。

「明日は下田屋でむずかしい談判がある」

談判が終わるまで、このことはおけいに漏らすなと、固く口止めした。

いつものおとよとは別人の、強い反発を示した。

「勝太郎さんが生きているなら、なぜいますぐに、吉報を教えてやらないのですか」

詰め寄られても答えぬまま、喜八郎は他言無用を強く申し渡した。

おかしらと敬いつつ従ってきたおとよなのに、いまは聞き入れる耳を持ってはいなかった。

「おかしらとも思えない無慈悲なお指図です」

背筋を伸ばしたおとよは、喜八郎の窪んだ目を見詰めたまま、静かな口調で続けた。

「よほどのわけがあると存じますが、黙ったままであの娘《こ》と共にいることには堪えられません」

指図に従うのは無理ですと、おとよの表情が告げている。喜八郎は黙したまま、言い分の続きを待った。

「明日おかしらが戻ってこられるまで、ひとりでの外泊をお許しください」

「それは無用だ、おとよさん」

黙し続けてきた喜八郎が即答した。

「江戸屋の女将がおけいさんとともに、ひな祭りを楽しみたいそうだ」

おけいに泊まり支度をさせて江戸屋に向かわせるようにと、喜八郎は指示を与えた。

ここに至り、およはおのれの思い違いに気づいた。

「浅慮に気づかず、うかつにも非礼な言葉を口に致しました」

畳にひたいを押しつけて、およは詫びた。

「おもてを上げてください」

おけいを想う一心から出た、およのきつい物言いだったのだ。

喜八郎は慈愛に満ちた言葉で、非礼を許していた。

＊

三月四日、四ツからの談判には、喜八郎は武家装束で臨んだ。二本も佩《は》いてである。

下田屋の玄関番は、勝太郎を見て仰天した。さらには二本差しの喜八郎を見るなり、いきり立って声を荒らげた。

「なにごとでえ、玄関先で」

顔を出したのは代貸補佐を務める三吾朗だった。

「おひさしぶりでやす」

勝太郎に仰天したのは三吾朗も同じだった。が、喜八郎の来訪を知っていた三吾朗は、一行を招き入れた。

そのあと二七に報せに廊下を駆けた。

三吾朗から耳打ちされていたことで、二七は三人のなかに勝太郎を見ても驚かなかった。

喜八郎が佩いてきた二本は、玄関番の若い者に預けていた。

「どんなからくりなのか、聞かせてもらおう」

二七は鷹揚さを拵えて、喜八郎の口をうながした。

そんな二七の真正面に座り、喜八郎はここまでの顚末を聞かせた。

案の定、二七は激昂した。その矛先は喜八郎に向けられていた。

「あんた、勝太郎が生きているのを承知で、おれをたぶらかしたのか」

声こそ静かだったが、怒りが両目で燃え立っていた。買っていた喜八郎に、一杯食わされたと思い込んでいたからだ。

喜八郎は橋蔵に説明を頼んだ。

黙って聞き終えた二七は、喜八郎への誤解を解いたようだ。

「それで勝太郎……」

二七は勝太郎に問いかけた。

「心中の死に損ないのおめえは、どんな落とし前をつける気なんでえ」

二七が問うと、脇に座している三吾朗の両目が尖った。

「てめえの命を差し出しての、三番勝負をさせてくだせえ」

勝太郎が願いでると、三吾朗が鼻で笑った。その三吾朗をひと睨みして、二七が問うた。

「死に損ないのおめえに、もう一度、命を賭ける度胸があると」

二七は喜八郎に目を移した。

「おめえさんに請け合えるかい？」

「承知している」

きっぱり答えた喜八郎は、二本佩いてきたわけに言い及んだ。

「勝太郎は大川に入水すると言っているが、死ぬまでには苦しみが長い」

喜八郎は勝太郎を一瞥してから二七を見た。

「負けが決まったときは、この下田屋の裏庭にて、わたしの手で首を切り落とす」

それでよろしいかと、喜八郎は質した。

そんな答えは、二七も想定していなかったらしい。

「うむ……」

うなり声を漏らしているとき、廊下で騒がしい声が生じた。

「へえっちゃあならねえ！」

玄関番を押しのけて、女が入ってきた。おけいだった。

まっすぐ二七の前に進むと、両手をついた。

「勝手なことをしましたのに、許していただいて、ありがとう……」

言葉の途中で途切れた。場は静まり返っていた。

おけいは勝太郎のほうに振り返った。そして膝をずらして間合いを詰めた。

目に浮かんでいるのは怒りである。勝太郎をその目で見詰めたまま、相手の頬を張った。

喜八郎の平手とは違い、強さはなかった。

勝太郎は微動だにせず、張ったおけいを見詰め返した。

おけいはもう一度、二七に振り返った。

「命を賭ける博打で親分が勝っても、どんな儲けがあるんですか」

二七が答えないと、おけいはまた勝太郎に振り返った。

「あたしのおなかには、勝太郎さんの子を授かっているのに、母親になるあたしに断りもしないで、勝手な賭けなんかしないでよ」

おけいの声が部屋に満ちた。

口を開く者は皆無だった。

たったいま、おけいが口にしたことを、喜八郎は丹田に力を込めて一言ずつ、言葉と声音とを反芻していた。

なにより驚いたのは、声音の凜とした響きだった。

秀弥とおけいが、いかなる話を交わしたのか。

子細は分からぬとも、およその察しはついた。

おけいの来し方を聞き取った秀弥は、子をはらんだおけいに、先に伸びる道の歩み方を伝授したと判じていた。

おけいも呑み込みのいい娘なのだろう。勝太郎に一喝をくれた声音には、強靭さが加わっていた。

秀弥もおとよも、声を荒らげることはない。しかし静かさを変えずとも、響きにはときに鋼の強靭さを感じさせられることがあった。

ふたりの来し方が、緩まぬ響きを育んだに違いない。

今日のおけいにも、鋼の響きの片鱗を感じていた。

おけいが歩もうとする行く末に、たとえ荒野が待ち受けているとしても、おけいなら勝太郎と手を携えて歩き続けられることだろう……

おけいの声を聞いた喜八郎は、胸の内で秀弥とおとよに礼を言った。

おけいは再び、二七に振り返った。

「勝太郎さんと……それこそ、命がけで働いて、親分に六百両をお支払いします」

いまは三番勝負を勘弁してくださいと、畳に手をついた。

勝太郎の脇の橋蔵が、肘でつついた。

勝太郎もおけいの脇に並んだ。

「命びろいしておきながら、親分への詫びにも出向かず、勝手なことをほざいてしめえやした。勘弁してくだせえ」

勝太郎の物言いからは、張り続けてきた肩肘が失せていた。

しばしの間をおいて、二七が応じた。

「言い分は分かったが、呑み込めねえ」

場の気配が凍えた。

言い切ったあと、口調を和らげた。

「しばらく預かっとくぜ」

その言やよしとばかりに、回向院から時を告げる鐘が流れてきた。

梅雨のあおやぎ

一

深川蓬萊橋南詰めには、猪牙舟《ちょきぶね》と屋根船を扱う船宿はしもとがある。船足の速さ自慢の船頭を揃えているのが、はしもとの売りだ。

加えてもうひとつ、今年で五十路を越えた船頭、大造《たいぞう》が船宿の売りだった。

飛び切り空見《そらみ》に長けた大造のもとには、日に何度もひとが寄ってきた。

「今日の天気は夕方までもつかなあ」

「ひどく寒いが、雪になるかい？」などと。

三日前の五月七日から、深川は雨となった。

「あにさんよう」

はしもとで最年長の大造を、船頭たちは敬いを込めてあにさんと呼んでいた。

「いよいよ今年も梅雨入りですかい？」

問われても大造は首を横に振っていた。

そんな大造が五月十日の今朝、六ツ半（午前七時）から優に四半刻（三十分）以上もの間、蓬萊橋の真ん中で蓑笠《みのかさ》姿での空見を続けていた。

風はなかったので、雨は真っ直ぐに落ちた。無数の雨粒が大横川にぶつかっている。が、強い雨ではないため、川面は穏やかさを保っていた。

晴れた朝なら六ツ半は、行き交うはしけで大横川は埋まっている刻限だ。

三日続きの雨の早朝を嫌ったのか、いかだもはしけも、まだ走ってはいなかった。

静かな川面と、べったりと雨雲が貼りついた空とを、大造は交互に見続けていた。

「大造さああん……」

船宿の賄《まかな》い手伝いの娘が、番傘を前後に揺らして駆け寄ってきた。

「朝餉《あさげ》の支度が調《ととの》ったんで、みんなが待ってます」

はしもとの船頭は総勢七人だ。

「朝餉は一日の始まりで、支度はことさら念入りにと賄いに言いつけてある」

船頭を大事にする当主は、朝餉にはうるさかった。

船頭に二日酔いは禁物だ。

「七人全員が顔を揃えて、五ツ（午前八時）からしっかりと朝餉を摂るべし」

当主はこれを縛りとしていた。

空見の途中とはいえ、船頭頭《がしら》の大造が縛りを破ることはできない。娘の前に立ち、はしもとへと戻った。

アジの干物。玉子焼き。焼き海苔。しじみ味噌汁。そして炊き上がったばかりのごはん。

当主がうるさく言うだけあって、朝餉とも思えぬ豪勢さだ。しかも毎朝、日替わりである。

大造が箱膳前に座したら、味噌汁とごはんの給仕が始まった。全員に行き渡ったところで、大造が「いただきます」と発した。

全員が声を揃えて大造を追った。

威勢の良い「いただきます」を、当主はなによりも喜ぶと、船頭たちは承知していた。

全員のメシが済んだところで、大造が口を開いた。

「今日から梅雨入りだ」

短い言葉だったが、板の間の気配が一気に張り詰めた。

「今年の梅雨は、いささかタチがわるい」

この先、雨は寒さを連れてくると続けた。

船頭には雨は大敵だ。船足の速さが売りの猪牙舟船頭は、雨でも蓑笠なしで櫓《ろ》を漕ぐのを良しとした。

雨は往々にして風を引き連れてくる。夏場でも風雨に長くさらされると、身体丈夫の船頭とて動きが鈍った。

しかも今年の梅雨は寒さまで引き連れてくると、大造は見立てた。

「あにさんがそこまでお見通しなら、しゃあねえやね」

大造の向かいに座していた達吉《たつきち》が、顔をゆがめて口を開いた。

「今年に限っては、蓑笠をまとうしかねえ」

七人のなかで力自慢で知られた達吉が、あっさり蓑笠を着て走ると言い切ったのだ。

「おめえの言い分はもっともだが……」

達吉のあとを、また大造が引き取った。

「寒い雨を承知で猪牙舟を誂《あつら》える酔狂な客は、多くはねえ」

大造の言い分には、達吉までがうなずいた。

「だがよう、達吉」

大造は正面の達吉を見ながら話を続けた。

「猪牙舟はやだてえことになっても、客が消えるわけじゃねえ。うちには造りのいい屋根船が二杯ある」

四畳半と六畳の船を、はしもとは持っていた。しかも六畳船は大造が言った通り、四月に浮かべた造りのいい新造船である。

「桟橋に舫《もや》ってある猪牙舟四艘を陸揚げして、代わりに屋根船をおろしたらどうだ」

桟橋の猪牙舟は四艘とも、雨にうたれっぱなしになっていた。

頭《かしら》身分の大造である。話に筋が通っている限り、逆らう者はいなかった。

「とっても夏至を過ぎたとは思えねえ、寒い五月だ。暖かい屋根船が支度できりゃあ、深川のどこの船宿が相手でも後ろは見せねえぜ」

威勢よく大造が締め括ったとき、一杯の屋根船がはしもとの桟橋に横着けされた。船頭は屋根の軒に吊された鐘を叩いて横着けを報せた。

直ちに大造が立ち上がり、番傘をさして船宿正面石垣下の桟橋に向かった。よそからの船が桟橋に横着けしたときは、船頭頭が相手の船頭と向き合うのが決まりだった。

屋根船の船頭は蓑笠を身につけていた。

「あっしは薬研堀《やげんぼり》の船宿そめのやの船頭で、仙太《せんた》でやす」

まだ舫い綱は杭に結ばれていない。艫《とも》に立ったまま、仙太は名乗った。

「はしもとの船頭頭、大造でさ」

応じた大造の前に、仙太は艫から下りた。

「おたくさんの近くの損料屋ご当主に、用ありで迎えにきたんでさ」

「喜八郎さんのことですかい？」

大造の物言いには、名前への敬いが強く込められていた。

「まさにその、喜八郎さんでさ」

大造を見詰めて仙太も名をなぞった。

「おめえさん、喜八郎さんをお迎えにと言ったようだが」

「そう言いやした」

仙太は早口で応じた。迎えに出ている間、横着けさせてほしいだけなのだ。

舫いを承知するもしないも、自前桟橋を持つ船宿次第だ。大造の機嫌を損ねぬようにと、仙太は早口になっていた。

大造は仙太との間合いを詰めた。

「まだ朝の五ツどきだが、喜八郎さんは迎えが来るのを承知しておいでですかい？」

大造の物言いは、仙太の言い分をいぶかしんでいた。

喜八郎も番頭の嘉介も、町内との付き合いを大事にしていた。

迎えの屋根船が来る段取りなら、かならず事前に船宿にあいさつがあった。

それがなかったことを、大造はいぶかしんだのだ。

「そいつあ、なしでさ。なにしろ今朝になって、くろねこの親方から急に迎えを頼まれたものですから」

返答を聞いて、大造は表情を硬くした。

「くろねこの親方てえのは、なんのことでさ」

表情のみならず、大造の物言いまで硬くなっていた。

深川のためにさまざま喜八郎が尽力していることを、大造は承知していた。その喜八郎に仇《あだ》を為すやも知れぬ船に、桟橋を貸すなど沙汰の限りに思えたのだ。

大川の様子を見極める眼を、仙太はしっかり養っていた。大造の胸中の動きまでも、仙太は読み解いていた。

「くろねこの親方もあっしも、妙なもんじゃあねえんで」

仙太がまた早口で話しかけた。

「くろねこてえのは、薬研堀の小料理屋でやして、親方の喜十《きじゅう》さんから喜八郎さんてえひとを迎えてきてくれと、頼まれやしたんでさ」

仙太は一気に仕舞いまで早口で聞かせた。

「よく呑み込めた」

大造の表情と物言いが和らいだ。

「そういうことなら遠慮は無用だ、仙太さん」

初顔相手には無愛想で通っている大造が、なんと目元を緩めて話を続けた。

「桟橋の東の端」

櫓を漕ぐ太い腕を、大造は番傘から突き出して東端の杭を示した。大川杭と呼ばれている、はしもとの一番杭だ。

「喜八郎さんの支度が調うまで、気にしねえで舫っていて構わねえから」

今朝が初顔の相手なのに、格別の計らいである。仙太やくろねこにではない。喜八郎に対する、大造の敬いの顕れだった。

「ありがてえ。この通りでさ」

仙太がこうべを垂れると、笠の雨粒が桟橋に落ちた。

俊敏な動きで船を舫った仙太は、いま一度大造に辞儀をして石段に向かった。

「橋からの道を南に半町（約五十五メートル）ばかり進んだ先の」

大造の野太い声が、石段に足をかけていた仙太を振り返らせた。

「右側の黒板塀が、喜八郎さんの損料屋だ」

「ごていねいに、ありがとさんで」

礼を言ったあと、仙太は石段を駆け上がった。そしてすぐ先の蓬萊橋の辻を南に折れた。

教わった通り半町進んだ先の右側に、黒板の塀が見えてきた。三日続きの雨に打たれていながら、板塀は黒艶を保っていた。

薬研堀は芸事の師匠と料亭が多い町だ。そして黒板塀の艶を競う町でもあった。

損料屋稼業なのに、どうして……と、仙太は板塀の艶に感心した。そして当主である喜八郎の人柄のほどを想像した。

喜八郎あての言伝《ことづて》差出人は、くろねこの喜十である。今年で五十五の料理人喜十は、土地ではへんくつで知られていた。

あの喜十親方が、わざわざ屋根船を仕立ててまで迎える客だ。

損料屋喜八郎とは何者なのかと、思い巡らせて深川に出向いてきていた。

船宿はしもとの頭は、喜八郎への深い敬いを抱いているのが、舫いの談判から分かった。

目の前の黒板塀を見たことで、仙太なりに喜八郎の人物像を拵《こしら》えていた。

「板塀てえのは屋敷の鎮守様だ。これを雑に扱う客は、どんなに身なりがよくても信用できねえと肝に銘じておきねえ」

仙太は船宿当主から、常にこれを言われていた。

損料屋の黒板塀を右手で触れると、手入れが行き届いている滑らかさが感じられた。

喜十から言いつけられたのは、言伝を手渡すことだけではなかった。

読み終えた喜八郎を、屋根船でくろねこまで案内するようにとも言われていたのだ。

まだ朝の五ツ過ぎだ。こんな刻限に約束もなしに顔を出して、薬研堀まで……

「喜八郎さんなら、引き受けてくれる」

喜十の請け合いを真に受けて、仙太は損料屋の黒板塀の前にいた。

ぐずぐず迷ってねえで、とっとと行かねえかよと、仙太はおのれに活を入れた。そして格子戸前に立った。

土間の三和土《たたき》に雨のしずくを落とすのは御法度《ごはっと》である。格子戸には奥行きのあるひさしが張り出していた。

客が傘などのしずくを払うための、雨除けのひさしである。たっぷり深く造作されたひさしの奥行きが、来客への気遣いだった。

蓑笠を脱ぎながら、仙太はまた感心した。

損料屋を使う客の多くは、ふところ工合に詰まっている者だ。さしてきた番傘も粗末なものが多いだろう。

そんな来客が、濡れずに番傘のしずくを払えるようにと、奥行き深いひさしを造作したに違いない。

蓑笠の雨粒をしっかりと振り払ってから、仙太は格子戸を開いた。戸の上部に取り付けられている鈴が、チリリンと鳴った。

土間に詰めている客の目が、一斉に仙太に向けられた。どの客も木綿の長着だと、ひと目で分かった。土間の板壁には、威勢のいい明かりを放つロウソクが灯《とも》されていた。

雨続きで、まだ五ツ過ぎの早朝だというのに、土間は客で埋まっていた。

二

喜十との付き合いは、今年で十三年になる。その間、ただの一度も急な呼び出しを受けたことなどなかった。

ゆえに仙太から受け取った書状を一読するなり、直《ただ》ちに身繕いを始めた。

用向きはなにも書かれていなかった。

初めての急な呼び出しながら、用向きは分からずである。

そのことに剣呑《けんのん》さを覚えた喜八郎は、武家装束を調えた。そして二本を佩《は》いた。

くろねこの喜十については、数年前に嘉介に聞かせたことはあった。

とはいえ子細は語らず、先代米屋政八に連れて行かれたことがあるとだけ明かしていた。

そんな相手から、朝の五ッ過ぎに呼び出しを受けた。そして喜八郎は二本を佩いての身繕いである。

嘉介はおとよに鑽《き》り火を打たせて、喜八郎を送り出そうとした。

「火鉢と七輪は足りているのか」

今朝も昨日に続き、店開き前から火鉢を欲しがる客が雨の中、列を作っていた。

夏至をとうに過ぎたというのに、だ。

「今日のところは大丈夫ですが」

喜八郎の耳元に嘉介は口を近づけた。

「あとで与一朗を船宿に差し向けて、大造さんから先々の空見見当を聞き取らせます」

大造が空見の達人であることは、嘉介も承知していた。

「迎えの船に乗る手前で、与一朗のことを大造さんにたのんでおく」

これを言った喜八郎は、おとよを見た。

「大事な訪問になるかもしれません」

「おかしらのお守りとなりますように」

気持ちを込めておとよが打った鑽り火が、喜八郎の胸元に飛び散った。

喜八郎は桟橋に降りる前に、大造にあいさつをくれた。

「あとで与一朗がうかがいますので、かしらの空見見当を聞かせてやってください」

「がってんでさ」

大造は野太い声を弾ませて承知した。そして喜八郎と共に桟橋に降りた。

舫いを解いたのも大造である。

「喜八郎さんをたのんだぜ」

「まかせてくだせえ」

薬研堀と蓬萊橋の船頭が、声を交わした。

仙太の巧みな櫓さばきの本領は、船が大川に出るなり発揮された。

屋根を叩く雨音は、さほどに強くはなかった。しかし大川では風が強くなった。

しかも向かい風である。正面の障子戸が、ガタガタと音を立て始めた。

仙太は船の舳先《へさき》を斜めにして、向かい風を和らげた。一枚帆で向かい風を避けて走るときの技である。

風を浴びた大川の川面は、さざ波を生じていた。その波も仙太は巧みに躱《かわ》した。

揺れのない船で、喜八郎は喜十との出会いを思い返していた。

＊

喜八郎と喜十との縁は、先代米屋政八にくろねこに連れて行かれたのが始まりだった。

天明二（一七八二）年五月、喜八郎は秋山配下だった。

秋山の計らいで、喜八郎は北町奉行所一代限り同心に取り立てられた。職務は札差百九軒のうち、十一軒の監督吟味である。

米屋は喜八郎が受け持った十一軒中の一軒で、五日ごとに顔を出していた。

札差監督与力である秋山久蔵を、先代は心底から信頼していた。ゆえに秋山が可愛がっていた喜八郎にも、先代は心を開いていた。

「喜八郎さんの都合の佳《よ》き日に、わしと一献《いっこん》を交わしてくださらんか」

先代の申し出を、喜八郎は秋山に話した。

「米屋政八は天王町の札差にはめずらしい、実のある男だ」

ぜひ誘いに応じなさいと、秋山は強く推《お》した。上司の許しを得た喜八郎を連れて行った先が、薬研堀のくろねこだった。

当時の喜八郎は二十二歳。先代は五十七で、喜十は本厄の四十二だった。

くろねこには小上がりがあり、そこが先代の座でもあった。

当時から喜八郎の口は重かった。先代も同じである。

ふたりは格別の話をするでもなく、差しつ差されつで江戸の地酒を楽しんだ。

喜十は当時からへんくつな男だった。日本橋の魚河岸には出向かず、浜町《はまちょう》の長屋暮らしの棒手《ぼて》振《ふり》・金蔵《きんぞう》に仕入れを委ねていた。

右足を痛めていた喜十は、魚河岸まで出向くのが難儀だったのだ。料理に使う魚介、野菜、豆腐、調味料、酒はすべて、気を許した棒手振数人に頼んでいた。

「店に頼んでも、うちら程度の小料理屋にはついでで仕事でしか応じてこねえ」

棒手振は仕入れに、てめえの命がかかっていると、喜十は信頼していた。

とはいえ刺身に使う鮮魚だけは、飼い猫のくろに吟味をさせた。くろがまたいだ魚は、一尾の間違いもなく外れだった。

二度のしくじりに正味で懲りた金蔵は、吟味の眼力を鍛えに鍛えた。

「くろに負けたんじゃあ、浜町の金蔵の名折れだ。棒手振を続けられねえ」

精進に励んだあとは浜町の金蔵ではなく、くろねこの金蔵と二つ名を改めていた。

先代が喜八郎を連れて行ったのは、金蔵が改名した直後のことだった。

「ここの親方は、まだ本厄の若さながら物事の見極め方がいい」

のれんではなく、ひとを見ている。ゆえに喜十よりも年長の者が、本息《ほんいき》での商いを求めてきているると続けた。

「鮮魚を任されている金蔵はもちろんだが、野菜も豆腐も油も醬油も、すべてが江戸で一番の品ばかりを、棒手振が納めている」

口数の少ない先代だが、喜十のことになると饒舌だった。

「あんたを一代限りの同心で取り立てた秋山さんも、まさにのれんに重きを置かぬお方だ」

先代は手酌で盃を満たして、さらに続けた。

「あんたをここに誘ったのは、喜十も秋山さんも、そしてあんたにも、同じ血の流れと、血の温もりを感じるからだ」

先代がひと息をついて言葉を区切ったとき、喜十が小鉢を運んできた。

先代が小上がりを使うときは、三卓の入れ込みではなく、貸切にした。

小上がりの客には、女房が酒も料理も運んできた。が、先代だけは喜十がみずから料理を供した。

あの日の小鉢は先代の好物、小柱《こばしら》だった。

喜十は小鉢について一切の能書きを言わず、ふたりに供するなり引っ込んだ。

小柱がこんもりと盛られた小鉢である。喜八郎の窪んだ目が、器を見詰めていた。

「あんた、小柱は好みかね？」

喜八郎の様子を見て、先代が問いかけた。

喜八郎は束の間、返事に詰まった。先代は問いを重ねず、黙していた。

盃を満たした喜八郎は、一気に干してから先代を見た。

「梅雨どきには、父の好物の小柱を母が拵えてくれていました」

嚙み締めるような口調で、これを言った。

先代は深呼吸してから問いかけてきた。

「うちを監督する同心は、あんたの前には七人いた」

そのだれとも、差しで酒席を共にしたことはなかったと言い、喜八郎を見詰めた。

「あんたのことは秋山さんから何度も聞かされてきたが、こうして誘ったのはいまも言った通り、あんたの身体を流れている血に、男ならではの温もりを感じたからだ」

言葉を区切っても、喜八郎を見詰める目には緩みはなかった。

「ぶしつけを承知で頼むのだが、小柱の話を聞かせてもらえないかね」

喜八郎を見詰める先代の目には、息子を見る慈父の目の温もり、慈愛が宿されていた。

「これを知っているのは秋山さんだけです」

断りを言ってから、喜八郎は話し始めた。

＊

長屋暮らしだった幼少時代は、夕餉の支度もままならぬほどに窮していた。

八ツ半（午後三時）過ぎに回ってくる棒手振の魚は、鮮魚とは呼べない売れ残りの代物だった。

「たまにはさあ、臭わない活《い》きのいい魚を持っておいでよ」

遠慮のない長屋の女房連中は、大声で棒手振に嚙みついた。そして売値をまけさせた。

しかし棒手振も負けてばかりではない。

「今日はとっておきの、剝《む》き身になったばかりのアオヤギがあるぜ」

棒手振が声を張ったら、口達者の女房が混ぜ返しにかかった。

「ご大層な名だけどさあ。剝き身になる前ならバカ貝じゃないかさ」

棒手振を取り囲んでいた面々が、どっと沸き返った。まさにバカ貝だったからだ。

常に殻からだらりと舌を出しているさまから、バカ貝の名がつけられたという。

江戸の隣国、上総国市原《かずさのくにいちはら》の浜はバカ貝がひときわ多く獲れた。が、日本橋魚河岸では、あまり人気がなかった。

市原浜の知恵者が、妙案を思いついた。

「剝き身にして売れればいいだ」

浜のカミさん衆が総掛かりで剝き身作りに精を出した。そして身と同時に、貝柱も売り物にした。

「バカ貝では、名めえがよくねえだ」

貝が獲れる浜一帯の地は、昔から青柳と呼ばれていた。

「剝き身はアオヤギで、貝柱は小柱にしたらどうだべさ」

「あられって名はどんだ？」

そんな次第で剝き身はアオヤギ、貝柱は小柱もしくはあられと名付けられた。

剝き身になったアオヤギ（バカ貝）は、アサリより安値だった。

そして身ではない小柱にいたっては、アオヤギよりもさらに安かった。

喜八郎の母は小柱を買い求めた。とはいえ毎日は買えない。

買い求めた当日は生で賞味した。残りについてはさまざま調理を工夫した。

貝の旬は春先から桜が散るまでとされていた。喜八郎の母は、梅雨どきになると多く買い求めた。

旬を過ぎて鬱陶《うっとう》しい雨続きでは、小柱を口にする客が減ったからだ。

しかも生ものは傷みが早い。

「今宵はおまえも生の小柱をいただきなさい」

梅雨どきのアオヤギと小柱は、喜八郎には忘れがたき味覚であった。

思い返しの途中だったが、亡母が供してくれた小柱に至るなり、手酌で注いだ盃を干した。

詰まり気味になりそうだったのを、酒でやり過ごしたのだ。喉を滑り落ちた酒が、いつもの喜八郎に戻してくれた。

武家の赤貧は町人以上に暮らしぶりを厳しくした。

四文銭は長屋に多い職人のこどもには小遣い銭だった。しかし七歳当時の喜八郎が銅貨を手にできたのは、元日の「お年玉」だけという暮らしだった。

そんななかでも両親、わけても日々の暮らしと正面から向きあっていた母は、武家の矜持を支えとしていた。

長屋のカミさん連中は、品が古いのにおうのと、なにかにつけて言い値を値切る材料とした。

母は一度もそれをしなかった。

「定まった売値を値切っては、相手の誇りを傷つけます」

母の言い分はしかし、女房連中はもとより、棒手振のなかにも通じないこともあった。

「あすこのお武家は、値切ることを知らねえ」と。

陰で笑っていた棒手振もいたが、長くはもたなかった。女房衆が相手にしなくなったからだ。

母の姿勢は真似できなくても、敬いを抱いていたのだ。

そんな母がある梅雨の夕餉に、喜八郎にも小柱を供してくれた。暮らしぶりは変わっていないなかで、母ならではの形で「おまえはもはや、こどもではない」と示してくれたのだ。

あの夕餉で覚えた誇らしさ、武家たる者の矜持。

いまも喜八郎の「背骨の髄」となって流れていた。

喜八郎の長い話が終わった。

「よくぞそんな大事を……」

口を開いた先代の声は、込み上げる思いでくぐもっていた。

「このわしに聞かせてくださった」

この夜、先代から大事を打ち明けられた。

「わしの惣領息子は、親が言うことではないが、人柄はわるくない」

決まりわるさは見せずに言葉を続けた。

「されども海千山千の札差衆を相手に、互角に渡り合うには、まったくもってその器ではない」

先代の眼光が、また鋭さを宿していた。

「わしが没して代替わりしたあとは、陰の後見人を、なにとぞ喜八郎さんが引き受けてくださされ」

こうべを垂れるでもなく、辞を低くして懇願するでもなかった。が、背筋を伸ばしての頼み方に、先代の喜八郎に対する敬意が出ていた。

喜八郎は相手を見詰めて、口を閉ざしたままでいた。

途方もない頼み事を聞かされたが、受けるも拒むも思案の埒外だったからだ。

返答が得られぬのは、先代も承知のうえだったようだ。

「秋山さんにも、ぜひにもわしの頼みを話してくださるように」

これには喜八郎も即座に答えた。

「明日にも話をさせてもらいます」

返答を聞いて、先代は笑みを浮かべた。

そのあとは雑談に興ずるでもなく、無言のまま徳利を献じ合った。

言葉を交わさずとも、気持ちは通じ合っていた。

喜十が調えた小鉢の小柱が、ふたりを息子と慈父の如くまで間合いを詰めさせていた。

初の会食から一年後の天明三年、喜八郎は同心解雇の沙汰を浴びた。奉行所上役がおかした不始末の詰め腹を切らされたのだ。

同心廃業から三年後の天明六年。

二十六だった喜八郎は秋山の勧めもあり、先代の頼みを引き受けた。

先代が一切を段取りして、深川蓬萊橋南詰めに開業した損料屋当主となった。

そして先代と交わした約束通り、代替わりした米屋当主の、陰の後見人となった。

喜八郎を米屋の陰の後見人にと考えた、先代の慧眼。

これは三年後の寛政元年九月に発布された、棄捐令《きえんれい》への対処で明らかとなった。

公儀御家人と旗本が札差に負っていた借金百十八万両超を、棒引きにしたのが棄捐令だ。

江戸の大尽の頂点にいた札差が、棄捐令を境に奈落の底へと転がり落ちた。

一番の高額帳消しという憂き目に遭ったのが、伊勢屋四郎左衛門だった。

棄捐令発布の前年から、公儀の動きに不穏なものを感じていた喜八郎は、貸金圧縮と新規貸し付け厳禁を政八に強く求めていた。

「禄米売買に素人《しろうと》のおまえが、余計な口を挟むんじゃない」

政八は激昂したが、喜八郎は退《ひ》かなかった。そのおかげで、米屋は札差百九軒のなかで、もっとも軽い被害で済んだ。

いま損料屋当主でいるのも、源は十三年前の、くろねこの会食にあった。

喜十が仕上げた小柱の小鉢が、喜八郎と先代との垣根を見事に取り払ってくれた。

その小鉢を調えた喜十からの、尋常ならざる呼び出しを受けたのだ。

言伝を一読するなり、喜八郎は身繕いに取りかかっていた。

＊

船の六畳間には、こたつが調えられていた。武家身なりの喜八郎は、袴姿だ。

正座を崩さず、こたつがけを正座の膝にかぶせていた。

古い思い返しが長かったようだ。先代との出会いをきちんと閉じたとき、船頭が艫から声を投げ入れてきた。

「薬研堀でさ」と。

喜八郎は刀掛けの二刀に目を向けて、船頭の声を聞いていた。

三

くろねこは薬研堀の船宿桟橋から、わずか半町の先である。桟橋から店までは、道幅五間（約九メートル）の石畳が続いていた。

川沿いに軒を連ねる料亭と小料理屋、あいまい宿などが費《つい》えを分担して造作された石畳である。

水はけ工合も充分に考えられた道は、梅雨どきでもぬかるみを案ずることはなかった。

「喜八郎さんのけえり船まで、喜十親方に言いつけられておりやすんで」

仙太の声を背中で受けて、喜八郎はくろねこへと向かった。

さしている傘は、軽い作りの蛇の目である。武家装束には不釣り合いだが、二本を佩いているいまは、軽い傘のほうが動きがとれた。

蛇の目ながら傘は大きい。

「うちの蛇の目は、雨を弾く音が自慢のひとつでして」

仲町やぐら下の吉野屋《よしのや》の傘である。手代が請け合った通り、雨を受けるとぱらぱらと、小気味よい音を立てた。

履き物も手代の勧めに従い、桐の二寸歯高下駄を誂えていた。

桟橋からくろねこまでの石畳は、三日続きの雨で隙間なしに濡れている。桐の高下駄は石を踏んでも雨に音を吸い取られていた。

くろねこの格子戸は、喜八郎を待って半開きである。喜十も雨の日の客を大事にするらしい。

奥行きのあるひさしの下で、喜八郎は傘を畳んだ。

拵えのいい蛇の目である。武芸者が一度傘を振っただけで、雨粒は一滴残らず払い飛ばされた。

格子戸前に立った気配を感じ取ったらしい。喜八郎が半開きの戸に手をかける前に、出迎えの男が内から開いた。

「お待ち申し上げておりやした」

喜八郎にあいさつした男は、股引半纏《ももひきばんてん》姿だった。先に立って案内する男の半纏の背は、くろねこの金蔵と染め抜きされていた。

桐の高下駄は雨を吸い込んでおり、店の三和土を湿らせる心配はなかった。これもまた、雨具屋の手代が請け合っていた。

小上がりは店の奥である。喜十はそこで喜八郎を待ち受けていた。

「長い無沙汰をお許しください」

喜八郎は年長者の喜十に、みずから先に詫びを言った。

「あっしこそ無沙汰の限りでいながら、いきなり迎えを差し向けたりしやした」

喜十は深い辞儀をして、非礼を詫びた。そのあとで、喜八郎を迎えに出た金蔵の顔つなぎを始めた。

「この男は……」

喜十に手招きされて、男は脇に立った。

「うちの鮮魚と貝の仕入れを任せている、浜町の金蔵という棒手振でやす」

金蔵が深々と辞儀をしたあと、喜十があとを続けた。

「喜八郎さんにご無理を言ったわけは、この金蔵にかかわりがありやすんで」

顔を上げた金蔵は、肩に力がこもっていた。

「子細を聞いていただく前に、申し上げておくことがありやす」

喜八郎のほかに、もうひとり無理を願っているんで……と明かした。

「言伝にはそのことを書いておりやせんが、どうか気をわるくなさらねえでくだせえ」

喜十と金蔵が、力の籠《こ》もった目で喜八郎を見詰めた。

「用向きも知らぬまま、こちらに出向いてきたのは、親方の人柄を信じたがゆえです」

気をわるくするわけがありませんと、喜八郎は窪んだ目で喜十を見た。

「ありがとうございやす」

喜十と金蔵が、いまの言葉で安堵したようだ。深い息継ぎのあと、喜十があとを続けた。

「もうひとりのお方には、迎えの駕籠《かご》を差し向けておりやすんで、間もなく着くはずでさ」

喜十の言葉に調子を合わせたかのように、店先に駕籠が横着けされた。喜十から目の指図を受けて、金蔵が急ぎ戸口に向かった。

駕籠から出た男は、傘を持ってはいなかった。金蔵が戸を開く前に、手荒に格子戸を開けて入ってきた。

「お待ちしておりやした」

金蔵の案内も待たず、男はずんずんと喜十の前に向かって来ようとした。が、数歩をあゆんだところで足を止めた。

武家装束の喜八郎が目に入ったからだ。

「なんでおめえさんが、ここに」

いぶかしむというより、喜八郎がいることに腹を立てている口調だった。

喜十が呼び寄せたもうひとりとは、なまこ壁の二七だった。

二七の振舞いには喜十が仰天した。

「親分は喜八郎さんをご存じなんで……」

喜十からは、あとの言葉が出なかった。そんな喜十を見ようともせず、二七はまたずんずんと喜八郎の前まで進んできた。

喜八郎は口を閉じたまま、目の前まで詰め寄ってきた二七と目を合わせていた。

あまりの驚きで、喜十はとりなしもできずにいた。右足の痛みがきつくなったらしく、苦しげに吐息を漏らした。

そんな喜十を二七は、ずいずいに尖った目で睨みつけた。

「ここに突っ立ってるだけじゃあ、なにも始まらねえ」

二七は小上がり前に進み、履き物を脱いで先に上がった。

「さっさと上がって、わけを聞かせねえ」

二七の言い分はもっともである。喜八郎も高下駄を脱いで上がり、二七の隣に座した。ふたりに続いて喜十と金蔵が上がり、二七、喜八郎と向き合った。

二七と喜八郎とが顔見知りだった驚愕は、まだ喜十の内でくすぶり続けていた。が、いまはその子細を聞き出すときではないと、おのれを戒《いまし》めたようだ。

「雨のなか、なにゆえおふた方をお呼び立てしたかのわけを、金蔵から話しやす」

固くなって正座している金蔵は、喜十の目配せを受けて話し始めた。

「あっしは喜十親方の下で、魚介一切の仕入れを任されている棒手振でやす」

二七も喜八郎も、口を挟まずに聞いていた。

「ことの始まりはおとといの朝の、中川船番所近脇《なかがわふなばんしょちかわき》の堀田屋《ほったや》でのやり取りからでさ」

中川の堀田屋と聞かされたとき、二七はわずかに眉を動かした。が、口は挟まず、金蔵の喋りに聞き入っていた。

＊

堀田屋は上総国から運ばれてくる魚介を、船番所のすぐ近くで漁師から買い取る鮮魚問屋だ。

棄捐令発布で日本橋魚河岸がへたり気味になったとき、いきなり船番所近くで商いを始めた。

不景気風が江戸で吹き荒れていても、海の魚介は達者だった。出漁すれば大漁でも、魚河岸は死に体だった。

売り先に困っていた上総の漁師に、助け神となったのが堀田屋だった。

船番所は小名木川の入り口だ。上総からの漁師たちは堀田屋の誕生を喜んだ。買ってもくれない日本橋まで、出向かずに済むからだ。しかも現金で買い取ってくれるのだ。

「わしらの救い神だがよ」

寛政二年以来、上総の漁師の多くは堀田屋との付き合いを大事にして今日に至っていた。

金蔵は寛政二年の夏から、魚介の仕入れ先を堀田屋に移していた。早朝に浜町河岸から猪牙舟で、小名木川の荒川口《あらかわぐち》に向かった。

舟代を払っても儲けが出た。

寛政四年には金蔵のみならず、多数の棒手振が堀田屋まで出てくるようになった。仕入れ客の激増で、堀田屋の商いぶりが変わった。人気の魚介については、棒手振に仕入れ値を競わせるセリとしたのだ。

競《せ》り落とした棒手振が、その朝のすべてを手に入れた。他の棒手振は、競り落とした棒手振から小分けしてもらうしかなかった。

金蔵はセリには加わらずを貫いた。

「仲間に高値で小分けするなんざ、真っ当な棒手振がやることじゃねえ」

競り落とした棒手振からの小分けに、あえて甘んじていた。

金蔵の蓄えを投じたら、八十両までのセリに加わることはできた。が、セリの参加には背を向けていた。それでいながら堀田屋に出向き続けたのは、扱う鮮魚も貝もモノが佳かったからだ。

金蔵はくろねこのほかは、すべて長屋などの並の者が顧客だった。ゆえに特上品の仕入れは喜十に納める魚介に限られていた。

堀田屋で仕入れる品は安価でも、並の客には充分に喜ばれた。

長年の客ながら、セリに加わらない金蔵を、堀田屋のセリ頭虎蔵《とらぞう》は苦々しく思っていた。

「セリに加わる棒手振は、セリ頭とつるんで、値をつり上げていることがある」

これを確信したのは特定の棒手振と虎蔵とが、息を合わせて値をつり上げているのを幾度も実感していたからだ。

金蔵はしかし、他人にこれを口にしたことはなかった。高値をつける男も、棒手振仲間だったからだ。

しかし虎蔵は、金蔵はいつかは言いふらすにちげえねえと、口を疑っていた。

「罠に嵌《は》めて、やろうの口封じを……」

折を見計らっていた虎蔵に、打って付けのネタが届いた。

市原浜のバカ貝が獲れすぎて、剝き身作りを手控えている……との声が届いたのだ。虎蔵は配下のセリ人でめ金に、思いついた騙《かた》りの子細を耳打ちした。

「がってんでさ」

でめ金はでかい黒目を緩めた。

堀田屋は広間を使い、偶数日の午後から夕刻まで、漁師や棒手振を相手の丁半賭場を開いていた。

いまのところ金蔵が賭場のことを他所《よそ》に漏らす気遣いはなかった。が、先は分からない。

この騙りに嵌めて金蔵のきんたまを握り、確かな口止めができる……でめ金はそれを思い描いて目を緩めたのだ。

雨降り初日の五月七日、でめ金は金蔵を板の間の隅に呼び寄せた。

「市原のバカ貝が今年の陽気はおかしいてんで、梅雨も近いてえのに途方もねえ獲れ方になっちまってよう」

剝き身にできねえまま、浜の生け簀《す》に山積みになっているらしいと耳元で囁いた。

「金蔵さんには特別に、バカ貝をバカ値で渡してえと、頭から言われたんだ」

バカ貝二十貫（七十五キロ）を五両で分ける。向こう三ヵ月の間、金蔵の都合に合わせて五百匁（約二キロ）ずつのアオヤギと小柱で供すると告げた。

「金蔵さんなら金儲けじゃなしに、人助けだと考えて手を貸してくれると、虎蔵頭はそう言ってるんだ」

浜を助けてくだせえと、でめ金から頼み込まれた。

市原のアオヤギと小柱の美味さは、金蔵も承知していた。五両で二十貫なら、いい買い物だとも分かった。

しかも五百匁ずつ、小分けで受け渡ししてくれるという。

「虎蔵さんに見込まれたんじゃあ、断れねえ」

金蔵が引き受けたら、でめ金は帳場から証文と矢立を手にして戻ってきた。

「向こう三ヵ月もの長い話だ。きちんと証文を拵えるように言いつかってるからよう」

でめ金は矢立の筆を差し出した。

金蔵は数字しか読めないのを、虎蔵は見抜いていた。五両、三ヵ月、二十貫などの数字を確かめてから、金蔵は署名して爪印を押した。

これが五月七日のことだ。

翌々日の五月九日、でめ金からまた板の間の隅に呼び出された。

「一回二十貫のバカ貝を向こう三ヵ月の間、毎度五両で買ってもらえるてえんで、市原浜は大喜びだと、虎蔵頭も鼻が高いてえもんだ」

でめ金は当人が爪印まで押した証文の控えを、金蔵の目の前に差し出した。

「最初の二十貫の引き取りと、支払いがいつなのか、頭に聞かせてくんねえ」

でめ金に半纏の袖を引かれて、虎蔵の前に出た。まんまと嵌められたと、やっと気づいた。

「明日まで返事を待ってくだせえ」

やっとの思いで答えた金蔵は、そのまま喜十のもとに駆けつけた。

喜八郎を頼みとしたのは、存命中の先代米屋政八が「信ずるに足る男だ」と褒めていたからだ。

代替わりした当代もあれこれ文句は言いつつも、喜八郎を芯から頼りにしていた。

ぶしつけを承知で、喜十は喜八郎に知恵を借りたいと願い、仙太を差し向けていた。

二七はくろねこの客だった。賭場の貸元なのに、店では卓の隅を定席としていた。

酒は江戸の地酒を三合まで。肴《さかな》は季節の貝が好みで、とりわけ下田の貝には目を細めた。

「おれで役に立つことがあったら、遠慮はいらねえぜ」

これを言われていたものの、喜十は二七との間合いは保ってきた。賭場とのかかわりなど、願い下げと考えていたからだ。

金蔵の生き死ににかかわる難儀だと察して、二七をあてにした。堀田屋が陰で、賭場を開いているを金蔵から聞かされたからだ。

まさか喜八郎と二七が顔見知りだったとの仰天は、いまだ尾を引いていた。

金蔵の長い話が終わったいまも、喜十の動悸は治まってはいなかった。

＊

「あんたの不始末にケリをつけてえなら」

二七は突き放した物言いを金蔵にぶつけた。

「十倍返しが賭場の決まりだ」

言われた金蔵の吐く息が、ひときわ荒くなった。

「どんなわけが裏にあったかは知らねえが、相手はあんたを狙い撃ちにしてるんだ」

二七は喜十を見もせず、冷たい物言いを金蔵にぶつけた。

「カネを払い、口を固く閉じるしか、これを治める手立てはねえ」

ここまで言ったあと、二七は身体ごと横を向いて喜八郎を見た。

「勝太郎おけいの一件といい、ここの棒手振さんといい、揉め事の場に顔を出すあんたは、なにを生業《なりわい》にしてるんでえ」

正味で呆れたという口調で、二七は喜八郎に言い分をぶつけた。

「蓬萊橋の損料屋当主です」

言った直後、喜八郎は顔つきを引き締めた。

乱暴に格子戸が開かれて、三人の男がなだれ込んできた。

銘々が抜き身の匕首《あいくち》を握っていた。

四

三和土に下りた喜八郎は一刀も手にせず、素手で三人と向き合った。

三人の動きから、喜八郎は技量を見切っていたからだ。

三和土に下りる前に二七、喜十、金蔵には小上がりから動かぬようにと告げた。

まさか五尺七寸（約百七十センチ）の偉丈夫が居合わせていようとは、三人には予想外だったらしい。

「余計な手助けをするんじゃねえ」

「こっちにきたら、これの餌食《えじき》だぜ」

男のひとりが匕首を前に突きだした。早い突きが自慢らしい。

「おめえは二七の助っ人かよ」

三人目の男が、ひときわ声を張った。

「おとなしく引っ込んでるなら、二七のほかには用はねえ」

三人とも声を張っているのは、大柄な喜八郎に不気味さを感じているからだろう。

そんな声には気を払わず、喜八郎は足袋《たび》裸足で一歩を踏み出した。

「聞き分けのねえ助っ人だぜ」

言うなり匕首自慢の男が、喜八郎の下腹めがけて突き出してきた。匕首は刃先を下から上に引き上げるのが必殺の使い方だ。

喜八郎は男の動きを見切っていた。刃先が下腹に突き刺さる直前で、身体を躱《かわ》した。存分に突っ込ませるのが、相手を始末する極意だった。

身体を躱された男は、身体が揺れた。喜八郎は男が匕首を握った右腕に、渾身の手刀を叩き込んだ。

ボキッと鈍い音が立ち、男の右腕がだらりと垂れた。肘の手前で骨が砕けたのだ。

「ぎゃあああっ」

凄んでいた男の声とも思えない、甲高い悲鳴が三和土にぶつかって跳ね返った。

この男が首領格だったようだ。残るふたりの腰が引き気味になった。

喜八郎は息も乱さず、前に出た。三和土は狭い。ふたりは同時に襲いかかってはこられないと見切っての動きだった。

「てめえ、ふざけやがって」

叫びながら突っ込んできた男は、前がすきだらけだった。

喜八郎は男を引き寄せてから、右足を蹴り上げた。男の股間からぐしゃっと、タマが潰れる音が立った。

息が詰まった男は、その場に崩れ落ちた。そのままでは窒息してしまうだろう。

残るひとりの動きを目で制してから、喜八郎は崩れた男を引き起こした。

背中に右膝を当てて、活を入れた。

「ブファッ」

詰まっていた息を吐き出して、男は正気を取り戻した。

右腕を砕かれた男は、いまもうめき声を漏らしている。三人目の無傷男は、匕首を握った手が小刻みに震えていた。

「このまま出て行くなら、このうえ手荒なことはしない」

無傷男は震えながらうなずいた。そして仲間ふたりを促した。

手負いのふたりは逆らわず、三人揃って三和土から出て行った。

小上がりから下りようとした金蔵を制して、喜八郎は格子戸を閉じた。そして足袋を脱いでから小上がりに戻った。

心底からの感服を宿した目で、二七は喜八郎を迎えていた。

＊

「おれもあんたと同じように……」

喜十の女房が調えた熱々の焙《ほう》じ茶をすすって、二七は金蔵を見ていた。

「五月七日に揉め事を抱え込んだ」

子細は言わずに、先を続けた。

「いまの奴らは、揉め事の相手が差し向けた凶状持ちにちげえねえ」

こう言ったあと、二七はまた身体ごと喜八郎に向き直った。

「うっかりひとりで迎えの駕籠に乗ったのは、おれの手落ちだ」

二七はあぐら組みのまま、背筋を伸ばした。

「三月には手下の命を拾ってもらったし、今日はおれがあんたのおかげで助かった」

なんとあの二七が、あぐらのままだが目で喜八郎に礼を告げていた。

「勝太郎とおけいには、所帯を構えさせるつもりだが、構わねえかい？」

「なによりです」

喜八郎の短い物言いが、二七の決めを喜んでいた。

うなずきで応じたあと、二七は向かい側の金蔵と喜十に目を戻した。

「堀田屋の貸元は、ましらの伝平《でんぺい》だ」

小柄だが動きは敏捷で、儲け話が大好きな男だと吐き捨てた。

「あの男には貸しがある」

金蔵に向けた二七の目元が緩んだ。

「この先もあんたは、堀田屋から仕入れは続ける気でいるんだろうが」

問われた金蔵は、何度もうなずいた。

「上総の魚介は上物ですので」

金蔵の言い分を了とした二七は、堀田屋伝平に一筆書くことを約束した。

そのあとでもう一度、身体を動かして喜八郎と向き合った。

「仕上がったらあんたと逢うのは、この小上がりてえことでどうだ？」

「市原のアオヤギと小柱にしましょう」

答えてから喜八郎は、金蔵と喜十を交互に見た。
ふたりは口を閉じたまま、しっかりとうなずいて喜八郎と二七に答えていた。
くろねこの屋根を打つ雨音が弾んでいた。

固結び

一

寛政七年、七夕。

暦では七月七日だ。しかし二十四節気《せっき》が示す暑さの仕舞いである「処暑《しょしょ》」は、なんと今年は翌日の七月八日だった。

「処暑」は「立秋」に続く「秋の二番目」の節気。

それが大きく手前にずれたのは、寛政六年十一月のあとに閏《うるう》十一月が挟まったがためである。

二度も十一月を経たことで、寛政七年の二十四節気すべてが例年からは手前に大きくずれた。

二十四節気と定めた期日は決まっていた。つまり季節の移ろいを示す期日は決まっていたのだ。が、その年の暦は年ごとに変わる。閏月が挟まった年は、まるごと二十九～三十日手前にずれることになった。

閏月を挟むことで、暦の日々と二十四節気とのずれを調節していた。とはいえ十一月に閏月を挟むのは、滅多にないことだった。

祭り大好きの江戸っ子は、滅多にない十一月の閏月を喜んだ。

新年の暦売り出しは十二月一日である。

深川では富岡八幡宮の広い境内を使い、七軒のてきやが横並びで一斉に売り出した。

五菱屋の屋台前では、買ったばかりの暦を開いた男が、驚き声を張った。

「来年の七夕は、七の三連《さんつれ》だぜ」

それを聞いた連れは、顔をしかめた。

「いまさら言うことじゃねえ」

厚手の半纏《はんてん》を羽織った男は連れに向かって、あごをぐいっと突き出した。

「急なご改元（年号改め）でもねえ限り、来年は寛政七年で年が明けるてえんだ」

暦売り屋台の周りにいた数人の客が、半纏男の言い分にうなずいた。

「寛政七年七月七日が七の三連と知ってるのは、暦屋ばかりじゃねえ。おれだって、とっくに分かってたてえんだ」

寛政七年版の暦売り出し屋台に群れた客は、だれもがその場で暦を開いた。そして二十四節気をたどり、七月七日がどんな陽気となるのかを確かめた。

「なんと処暑の前日だ」

「夏が終わっていても、天の川はきちんと流れてくれるのかねえ……」

「まったく、そのことだ」

男たちが一斉にため息をついていた。

二十四節気は動いたが、七夕は別である。

いかに、この日を動かさぬという物日だったからだ。

「一年のなかで、この夜しか逢えねえんだ。なにがあろうが、天の川は拝めるさ」

あの厚手の半纏男が、きっぱりと請け合った。その声の威勢のよさが、男たちの顔から憂いを払いのけていた。

深川の七夕は、いい歳をした男たちにも大事な物日となっていた。

＊

寛政七年七月七日は、夜の天の川の眺めを約束してくれるような朝で始まった。

しかし例年のような、真夏の朝とは大いに違った。

青く澄んだ空のどこにも、太い雲は見えない。

明け方の空は律儀に秋を示していた。

朝日が仕事場に差し込むのを待ちかねていたかのように山本町の竹籠屋・助六《すけろく》は、大横川に面した仕事場の雨戸を大きく開いた。

川の北側に構えられた仕事場は、四季の移ろいにはかかわりなく、正面から朝日が差し込んでくる。

晩夏を過ぎたあたりから、朝日は仕事場の奥にまで差し込むようになった。

早々と朝餉《あさげ》を終えた職人たちは、六ッ半（午前七時）には竹籠造りを始めていた。

この刻限になれば天道の陽は、仕事場の奥にまで届いてくれた。

「念押しをするまでもないが、今日の七ツ（午後四時）までに……」

親方の助六は竹片に書いた心覚えに目を落として数を確かめた。

七人の職人たちは、あぐらのまま親方を見て耳を澄ませていた。

「江戸屋女将《おかみ》に八籠、仲居頭に三籠、仲居それぞれに一籠ずつで、都合二十一籠だ」

竹片から目を上げた助六は、職人各自を順に見た。

「歌を詠んだ短冊は、隣の竹吉《たけよし》先生から八ツ（午後二時）には届く段取りだ」

竹吉先生とは隣家の書道家だ。三年前の春、日当たりのいい空き家を探していた竹吉に、隣家を口利きしたのが助六だった。

以来、七夕の短冊を竹吉に頼んできた。

願い事を書いた短冊を笹に吊す。その笹を天の川に見せて、成就を願う。

これが深川のこどもには、一年で一番こころ踊る日だ。

おませな子が、想う相手の名を短冊に書く。ただそれだけだが、こどもには命がけも同然の願いである。相手の名前を短冊に書きたい一心で、こどもたちは手習いに励んだ。

この習わしは深川に限り、おとなになっても続いた。

埋め立て地深川には、多数の竹藪が作られていた。

四方に強く伸びる竹の根の力を、あてにしてのことである。埋め立て地の土が野分《のわけ》の大雨で崩れるのを防ぐよう、公儀は竹藪造りを奨励した。

結果、季節になればたけのこも多数穫れたが、所詮は埋め立て地のことだ。海水が滲み出ることで、美味さがない。

たけのこは人気がなかったが、細工に使う竹には買い手が集まった。

潮風をまともに浴びて育った笹は、売り物にはなりにくい。七夕が近づくと、地元のこどももおとなも毎年、競い合って笹を刈り取った。

とはいえ、おとなは笹に短冊を吊すのではない。

竹籠に小さな笹を盆栽のようにあしらい、歌を書いた短冊を笹に吊した。

その籠を馴染みの縄のれんで働く、姐さんに届けた。

過ぎる年のなかで、七夕の竹籠造りを請け負う店が現れ始めた。その老舗《しにせ》が助六である。

なかでも当代（三代目）助六は知恵者で、短冊の筆耕を請け負うことを思いついた。そのきっかけが竹吉との出会いだった。

「和歌の上の句を短冊に記して、下の句に込められた思いを、相手に伝えるというのはどうでやしょう」

「よろしき趣向です」

竹吉も膝を打って乗り気になった。

さりとて、読み書きができると言っても、名を書くのが精一杯というのが職人だ。

縄のれんの姐さんたちも同様だったし、和歌のたしなみがあるのは職人にも姐さんにもほとんどいなかった。

寛政四年には、わずかしか注文がなかった。

「勧める相手を、お店者《たなもの》（商家奉公人）に限ってみてはどうでしょうか」

助六よりも年下の竹吉は、ていねいな口調で思案を口にした。

「そのことだ！」

元来が知恵の回る助六である。竹吉の言い分を了としたあとは、寛政五年の春分を過ぎるなり、商家の手代たちに売り込みをかけた。

「おたくさんの想いを、てまえどもがお相手さんに届けます」

助六は手代の目を見詰めて、熱い調子で続けた。

「小料理屋、船宿などの姐さんたちなら、和歌も通じます」

百人一首には、ひとを想う歌が山とある。

「てまえどもには書道の師匠が控えております。効き目のある歌なら、おまかせください」

助六の売り込みは大成功となり、五月下旬の川開きのあとでは、二百を超える注文を受けていた。

しかも手代から話を聞いた手代頭や二番、三番の番頭までが助六に竹籠を注文していた。

手代とは異なり、番頭の届け先は料亭である。なかでも江戸屋への届けが多かった。

そのなかには秀弥への竹籠が五籠もあったし、仲居頭すずよにも三籠が届けられた。

寛政五年の評判を聞いたことで、深川の商家当主は色めきたった。

「うちからの竹籠はどうなっているのか」

もはや「思いを届ける」のではない。店ののれんにかけての競い合いとなっていた。

よろず「競り合い」「競い合い」は、埋め立て地・深川の、老若男女の垣根を越えての文化である。

商家は初春の門松の出来栄えを競った。

木場の材木商は元旦を期して檜の香り高い祝儀板を通りに面した建屋一杯に立てかけた。

元日の深川は永代橋東詰にまで、檜の香りが漂っていた。

夏は富岡八幡宮例祭に繰り出される神輿《みこし》の競い合いが江戸中に知れ渡っていた。

富岡八幡宮宮神輿に加えて、氏子各町は町内御輿《みこし》の普請を競った。

寛政元年の棄捐令《きえんれい》発布で、江戸は不景気のどん底にまで消沈した。息も絶え絶えとなった江戸の景気を盛り返したのが、富岡八幡宮本祭の神輿だった。

「肩を落とすんじゃねえ。きついときこそ丹田に力を込めて、背筋を伸ばして歩きねえな」

深川の威勢は、七夕にも受け継がれていた。

竹籠を、どこの料亭の、だれに届けるか。

まさに、のれんをかけての竹籠届けだった。

寛政七年の七夕には、江戸屋をひいきにする仲町の商家多数が頭取番頭の名で、秀弥に竹籠を届けさせる手配りとなっていた。

そんななか、大島稲荷神社の宮司からの誂《あつら》えを、小僧が助六に届けてきた。

七夕当日の朝、六ツ半過ぎにだ。

「宮司がこれを読むようにとのことです」

小僧は封書二通を助六に手渡した。一通には「助六うじ」の上書きがされていた。

小僧の前で助六は封書を開いた。

「短冊は秀弥殿の封書にある。笹に吊さず、封のままで助六うじみずから、秀弥殿に届けられたい」

短冊と手紙とが秀弥宛ての封書にあるのが、手触りで察せられた。

「うけたまわりましたとお伝えください」

言伝《ことづて》を言い、小僧に駄賃を握らせた。

小僧が駆け出すなり、助六は仕事場へと戻った。そして頭に近寄り、小声で指図した。

「江戸屋女将あてに、一籠を増やしてくれ」

仕上がりはおれが届けると続けた。

「がってんでさ」

短く答えた頭は即座に立ち上がり、追加の竹材を取りに納戸に向かった。

まだ五ツ（午前八時）には間があるというのに、仕事場の気配は張り詰めが深くなっていた。

二

今年も七夕竹籠は七ツに江戸屋に届く段取りで、助六は出た。

助六が始めた「七ツに届く竹籠」の新たな習わしは、いまや深川名物の一つでもあった。

永代寺が鐘を撞《つ》き始める四半刻（三十分）も前から、通りは竹籠運び荷車見物の住人が群れていた。

身なりは浴衣に素足の下駄、そして手にはうちわがお決まりだ。こどももこの日に合わせて、浴衣の縫い上げを下ろしていた。

総数二十一籠に宮司からが加わり、二十二籠。二のぞろ目である。

玄関につながる敷石前に止められた助六自前の車は、荷台に緋《ひ》毛氈《もうせん》が敷かれていた。乗っている竹籠は黒漆塗りで、笹の盆栽は鮮やかに緑葉が生き生きとしている。

吊された短冊は山吹色で、筆の文字は墨という取り合わせだ。

車を引く職人も両側を囲んだ職人も、小豆色の祝儀半纏を羽織っていた。

夕刻七ツどきには、西日が江戸屋につながる小径に届く刻限だ。

助六はこの夕陽を背後から浴びることを勘定に入れて、車・竹籠・職人が羽織る半纏の彩りを決めていた。

「あっ……江戸屋さんの竹籠だ」

助六たちとすれ違う土地の女児たちは、足を止めて竹籠に見とれていた。

寛政五年、同六年の荷車と今年との大きな違いは、祝儀半纏を羽織った助六が職人頭に代わり、車の前を歩いていることだった。

「親方じきじきのお出ましとは、正味で驚きやした」

助六を見詰めた下足番は深い辞儀のあと、身体を戻して「ありがとう存じます」と礼を言った。

助六の荷車が到着したのは、仲居たちにも分かっていた。下足番の先導で荷車が玄関前まで押されてきたとき、仲居衆は横並びで職人たちを迎えた。

竹籠を引き取りに仲居を従えて玄関まで出ていたすずよは、竹籠屋当主を見て……

「なにか格別の、ご用向きでもございますので？」

滅多なことでは顔色を変えない仲居頭が、思わず表情を動かした。そして竹籠ひとつを抱え持っている助六に問いかけた。

「この竹籠は大島稲荷神社の宮司から、女将にお渡しするようにと言付かっております」

手数をかけるが女将につないでくださいと、すずよに告げた。

「うけたまわりました」

すずよは仲居たちに竹籠受取を言いつけたあと、先に立って助六を女将の詰めている帳場へと案内した。

大島稲荷宮司の言伝である。秀弥の都合を確かめるまでもなく、助六を案内すべきと判じたのだ。すずよの判断は的を射ていた。秀弥は即座に助六を、帳場脇の客間へと誘った。

重要な商談に用いる客間だ。十畳間で障子戸を開くと、内庭に面した濡れ縁が造作されていた。

向かい合わせに座るなり、助六は直ちに竹籠を女将の膝元へと差し出した。

「宮司から女将にじかに手渡すようにと、きつく言付かっておりますもので」

祝儀半纏のたもとから、助六は預かってきた封書を取り出し、竹籠の脇に添えた。

「まことにお手数をおかけいたしました」

秀弥は膝に両手を載せて礼を言い、辞儀をした。まこと江戸屋の女将にしかできない、調《ととの》いに満ちた所作だった。

「それでは、てまえはこれにて」

茶菓もまだだったが、助六は辞去を口にした。女将も封書に早く目を通したいだろうと考えてのことだ。

「重ね重ね、ありがとう存じます」

秀弥も引き留めることをせず、助六と同時に立ち上がった。そして玄関まで見送るため、助六の先に立って廊下を進んだ。

運ばれて来た二十一の竹籠は、仲居たちの手ですっかり運び入れられていた。

七夕の江戸屋は予約で一杯だった。宴席は一刻後の六ツ（午後六時）からだ。

届けられた竹籠は玄関脇に今朝早くから設《しつら》えられたひな壇に飾られる運びである。

顧客の面子《メンツ》が立つように、陳列順序はすべてに通じているすずよが差配するのだ。

いまはしかし、竹籠は控えの間に運び入れられていた。

飾り付けが始まっても、大島稲荷宮司の竹籠は除外された。

「今年の七夕もまた、まことにありがとうございました」

助六以下の面々が、秀弥と仲居衆に向かい、声を揃えて礼を言い、辞儀をした。

竹籠を運んできた車の荷台には、緋毛氈の上に江戸屋謹製の折り詰めが竹籠屋の人数分、重ね置かれていた。

沈み始めた西日を正面から浴びて、助六たちの祝儀半纏の小豆色が燃えたって見えた。

*

秀弥はまだ十畳間にいた。すでに髪結いも身繕いも調え終わっていた。

暮れ六ツの四半刻前になれば、帳場に移る気でいた。

満席の座敷だが、すべてはすずよに任せている。それほど信頼していた。すずよもその信頼に応えるべく、目配りをおろそかにせず気を張り詰めていた。

この十畳間の壁際には、江戸屋が三台持っている土圭《とけい》のなかの一台が置かれていた。

重要な商談を淀みなくすすめるためにと、亡父安次郎が購入した土圭だ。

まだ七ツ半（午後五時）過ぎで、気持ちにはゆとりがあった。秀弥は宮司からの封書を開こうとした。

その手を留めて髪結いの場を思い返した。

助六一行が江戸屋を出るなり、秀弥はすぐにでも封書を開きたかった。が、今夜の江戸屋は馴染み客やら竹籠を届けてくれた客で満席の盛況である。

身繕いと髪結いを先に済ませたら、七ツ半の直前となっていた。

髪結いを任せながら、秀弥は亡父安次郎のことを思い返していた。まったく予期しなかった大島稲荷神社宮司からの竹籠が、助六親方から届けられたがためだった。

安次郎は秀弥がまだ玉枝を名乗っていた十七歳の折り、父娘で船に乗ったハゼ釣りでの事故で横死した。

今日に至るまで、ただの一日とて安次郎を想わぬ日はなかった。

しかし髪結いされながら想ったのは、一緒に出かけた伏見稲荷大社での父だった。

その旅を安次郎に強く勧めたのが、竹籠を助六親方に託してくれた大島稲荷神社の宮司、そのひとだった。

いったい何を……わたしに示そうとなさっておいでなのか……

伏見稲荷大社での父。その姿が結い直された秀弥のあたまの内で、ひときわ鮮やかに像を結んでいた。

「今日の女将は、まこと織姫です」

髪結い作次郎《さくじろう》は、正味の言葉で仕上がりを告げた。

「お世話様でした」

気持ちを込めた礼を言い、秀弥は作次郎を十畳間から送り出した。

そのあと深呼吸で気持ちを落ち着けてから座り、宮司からの封書の封を切った。
短冊と、一葉の手紙が畳まれていた。
短冊には歌が詠まれていた。秀弥は手紙から読み始めた。
精読するまでもなかった。楷書《かいしょ》で書かれた手紙は、わずか二行でしかなかったからだ。

安次郎殿に代わり、この替え歌上の句を
秀弥殿にお届け申し上げる。

三度も手紙を読み返したあと、秀弥は短冊を手に取った。そして上の句を目でなぞった。

七重《ななえ》八重《やえ》
籠は届けど　七夕の

短冊に詠んだ歌を記すのは、わけなき限りは小筆を用いる。
宮司はしかし太筆楷書で短冊に上の句替え歌を記していた。
安次郎もよく同じことをした。
「宮司を真似て、わしも太筆を使う」
安次郎の言う宮司とは、大島稲荷神社宮司を指した。
手にした短冊の楷書は、まさに父の心酔した師匠の筆遣いだった。

二行の歌が短冊からはみ出すことなく、形よく書かれていた。

太筆だけに、整った文字には力を感じた。

宮司は「安次郎殿に代わり……」と、手紙に記していた。

短冊を見詰める秀弥の脳裏には、伏見稲荷大社石段の踊り場から、京の町を遠望していた父の横顔が刻まれていた。

三

どの歌の替え歌なのか。

秀弥には深く思案するまでもなく、元歌はなにかの察しがついた。

生前の安次郎は、十日に一度は大島稲荷神社を訪れた。そして宮司の講釈で、さまざまな分野の学問修得に臨んでいた。

「あれは確か……」

秀弥は記憶をたどり、ハゼ釣りの年だったことに思い当たった。

「今日の宮司の講釈には、それを聞くことができた嬉しさで……」

安次郎は右腕を玉枝の前に突きだした。そして腕に触れろと。

触れた玉枝は、小刻みな震えを感じた。

「そのことだ、玉枝」

いまだ気が昂《たか》ぶっていると明かしてから、安次郎は受けた講釈の子細を話し始めた。

安次郎は毎回、帳面と矢立《やたて》持参で、宮司講釈の要点を書き留めていた。その帳面を見ながら、娘に子細を聞かせた。

「後拾遺和歌集という書物に収められた和歌のなかに、七重八重という一首があるそうだ」

いま一度帳面に目を落としたあと、安次郎はその一首を吟じ始めた。

「七重八重　花は咲けども山吹の　実のひとつだに　なきぞ悲しき」

咲く花の多くは実を結ぶ。その実がない哀しさを詠んだ一首。

「見栄えだけよさそうに見えても、こころの内には哀しさを抱いている」

遠い昔、兼明親王《かねあきら》が詠まれた「七重八重」という一首だと、学んだことを娘に聞かせた。

「身繕いだけに気を払うのではなく、内から磨けという戒《いまし》めでしょうか」

玉枝は感じたままを、父に明かした。

「宮司から聞かされた逸話とはまるで異なるが、おまえの呑み込みには感心した」

正味で娘を褒めたあと、宮司から聞かされた逸話に言い及んだ。

「江戸とは深いゆかりのある太田《おおた》道灌《どうかん》殿の、まだ若き日の出来事だそうだ」

安次郎は帳面に目を落とすことなく、宮司から聞かされた逸話を続けた。

＊

山中で急な雨に出くわした太田道灌殿は、古びた小屋に飛び込んだ。

「率爾《そつじ》ながら蓑《みの》一枚、お貸しくださらぬか」

応対に出た娘は奥に引っ込むと、山吹の花咲いた枝を、申しわけなさそうな顔で差し出した。

「太田道灌殿には意味が分からず、憤然とした顔で雨中に飛び出した」

後日、寺の和尚にこの一件を話したら。

「見上げた女人であるのう」

和尚は娘を称えたあと、あの「七重八重」を下敷きにして、太田道灌を戒めた。

「下の句の、実のひとつだになきぞ悲しきの、実のを蓑にかけて、お貸しできる蓑はありませんと、そなたに詫びたのだ」

和尚の諫言《かんげん》を身体に刻み、太田道灌殿はそれ以後も勉学に励んだという。

＊

「おまえが読み解いた通り、派手な見かけのみにこころを向けず、おのれが務める本分はなにかを忘れるなという戒めのほうが、わしにはストンッと腑に落ちた」

次の折り、宮司におまえの読み解きを聞かせようと、安次郎は言い切った。

宮司も当然ながら、安次郎の口から玉枝の呑み込みを聞かされたに違いない。

存命中の安次郎からは、宮司がどう応えられたのかは聞かされていなかった。

届けられた替え歌を読んだ秀弥は、一気に安次郎とのやり取りを思い出した。

そして宮司の筆を通じて、安次郎が何を思っていたのかも、いまは察せていた。

寛政五年から今年の七夕まで、秀弥宛てに多数の竹籠が届けられていた。

七重八重　籠は届けど　七夕の

この上の句を短冊で読んだとき、秀弥のあたまに浮かんだ下の句が、心ノ臓に降りてきた。

そして強い力で締め付け始めた。

上の句は秀弥を戒めていた。

毎年毎年、多数の短冊、竹籠が届けられたとしても、浮かれているな。

おまえの本分は……と、下の句は詠む。

「子のひとりだに　なきぞ悲しき」、と。

秀弥も今年の七夕を、三十二の織姫で迎えていた。

江戸屋女将が負うべき本分はなにか。

考えるまでもなかった。江戸屋を受け渡せる、将来の玉枝を授かることだ。

その他のことはすべて、本分を果たしていてこその、いわばおまけに等しい。

「わたしが今年で三十二であることを……」

宮司は承知しておいでだと、秀弥には分かっていた。いや、なにも今年だけのことではない。

安次郎の葬儀を営んだその日から、宮司は気に掛けてくださっておられた……

思っただけで、胸が苦しくなった。

秀弥は十畳間を出るなり、仏間へと向かった。歩みには気遣っていたが、発する気配が違うと、すずよは察したようだ。

しかし口は開かず、仏間に入る秀弥を見詰めていた。

仏壇前に座った秀弥は、燈明と線香に火を灯《とも》した。仏間には秀弥が起きている限り、種火となるロウソクが灯されていた。

もちろん火の用心に抜かりはなかった。

両親の位牌に手を合わせ、十畳間で決めたことを位牌に向かって明かした。

「次の玉枝を授かります」

秀弥はきっぱりと言い切った。授かるか否かは、人智を超えているのは分かっていた。

それでも言い切らずにはいられなかった。

宮司を通じて届けられた上の句は、秀弥を変えていた。

「かならず授かります」

手を合わせて言葉を重ねた。

仏壇と向きあったことで、秀弥は思い知った。

大事なことから逃げていた……と。

喜八郎を想い慕う気持ちに揺るぎはない。

「このあとで喜八郎さんと、正面から話をします」

位牌の両親に、秀弥は約束した。

燈明が揺れて、秀弥を後押ししていた。

四

蓬萊橋に戻る嘉介は、歩きながら何度もふうっと吐息を漏らした。

たったいま聞かされた乙姫《おとひめ》の見立ての言葉ひとつひとつが、あたまの内で渦巻いていたからだ。

「あなたが仕えるおひとは……」

乙姫は嘉介の目を見詰めた。しばらくそのままでいたあと、息を吐いてあとを続けた。

「秋分から霜降《そうこう》（二十四節気のひとつで、霜が降り始める日）までの過ごし方で、先々の道が決まります」

見立てたあと乙姫は、占卜《せんぼく》に使う分厚い暦を開いた。

「今年の秋分は八月九日、霜降は九月九日です」

日を確かめたあと、乙姫は嘉介を見詰める目の光を強くした。

肝の太さには自負のある嘉介だが、喜八郎と乙姫の眼光を浴びると動悸が速くなった。

「もしも上方に旅することになったときは、この上なき吉方です」

存分に背中を押してあげなさいと、乙姫は見立てを結んだ。

その見立ての一語一語が、嘉介のあたまの内をはしり回っていた。

そもそも乙姫に見立てを頼む気になったのは、今日が七夕だったからだ。

喜八郎と秀弥が互いに想い合っているのは嘉介に限らず秋山も伊勢屋四郎左衛門も、米屋政八ですら深く得心していた。

されど形を調えようとはしない喜八郎に、嘉介は焦《じ》れる思いを抱いていた。

江戸屋の女将が跡継ぎを授かるには、そろそろ限りではないかと案じていたのだ。

乙姫とはすでに十年を超える付き合いだ。その間に聞かされた見立てに救われたこと、道が開けたことが一再ならずあった。

ゆえに嘉介は乙姫の見立てを、信頼していた。

喜八郎と秀弥の行く末占いを頼みながらも、嘉介はひとつの決めをおのれに課していた。

損料屋の行く末は、わしが命がけで守る、と。

蓬萊橋の中程で、嘉介は足を止めた。

「おかしらと女将との先行きが、どうか幸多きことでありますように」

乙姫から示された今日の恵方に向かい、手を合わせて深々と辞儀をした。

＊

七夕の夜、五ツ半（午後九時）前。

仕舞いの顧客が江戸屋自前の桟橋から、屋根船に乗船しようとしていた。

日本橋の老舗鼈甲《べっこう》問屋当主と頭取番頭のふたりである。当主吉左衛門《きちざえもん》は、安次郎が存命だったころからの顧客だった。

屋根船乗船直前、吉左衛門は夜空を見上げた。真夏にも負けぬ太い天の川が、初秋の夜空に横たわっていた。

「女将もすずよさんも、まこと深川の織姫ですな」

吉左衛門の物言いには、心底からの称賛の響きが込められていた。

秀弥とすずよは無言のまま、御礼の辞儀で応えた。

「来年もまた、同じ離れをお願いします」

当主に代わり、頭取番頭が予約を頼んだ。

「うけたまわりました」

秀弥が応じて、すずよと共にいま一度、会釈した。

掘割を折れて大横川に舟が向かうのを見定めて、秀弥とすずよは桟橋から上がった。

「今夜もご苦労さまでした」

ねぎらいを言う秀弥を、すずよは真正面から見詰めた。秀弥もその目を受け止めた。

喜八郎は離れで待っている。

今夜の秀弥は、なにか思うものを秘めていると、すずよは察しているようだ。

「あとは、おまかせください」

天の川が流れる下、秀弥の目の光り方を受け止めて、すずよは背を押していた。

＊

七月七日だが、今年の七夕は秋が戸口まで来ている。離れに用意された手焙《てあぶ》りで、秀弥は初物のまつたけを焼いた。

今夜の宴席にも供して、大評判を得た逸品である。すだちも添えられていた。

ほどよく焼けたまつたけを、秀弥が手でほぐそうとしたら、

「わたしがやります」

喜八郎が引き受けた。女将が指先を傷めぬようにとの気遣いだった。

すだちも喜八郎が小柄《こづか》で切り割った。赤穂《あこう》の塩を振ったまつたけに、切り割ったすだちを喜八郎が絞った。そして取り分けた皿を秀弥に差し出した。

受け取ったあと、秀弥はぬる燗徳利を手にして、喜八郎に酌をした。

盃を置いた喜八郎は、その同じ徳利を受け取ると、秀弥に酌をした。

七夕の夜には似つかわしくない秋のはしりを肴《さかな》に、灘酒《なだざけ》が酌み交わされた。

ぬる燗が空いたところで。

「これをご覧くださいまし」

大島稲荷神社宮司が記した短冊を、喜八郎に差し出した。

「拝見します」

今宵の喜八郎は物言いが堅い。織姫を大事に思う彦星のごとしとも言えた。

居住まいを正してから、喜八郎は受け取った。離れの明かりは五十匁ロウソクが二灯の強さである。

山吹色の短冊が下地となり、墨文字をくっきりと浮かび上がらせていた。

喜八郎は上の句を一度読んだだけで、短冊を手にしたままで、秀弥に問いかけた。

「もしや、七重八重の替え歌ですか？」

問われた秀弥は驚き顔でうなずいた。

「三日前、秋山さんから夕餉に招かれました」

喜八郎はその折りの話を続けた。

「酒を運んできた奥方が、秋山さんとわたしの徳利に、枝についた山吹の造花を添えられていました」

娘が習い事で造花を稽古していた。その日に仕上げた山吹が、徳利のあしらいだった。

「あの秋山さんが相好を崩して、なぜ山吹なのかの次第を話してくれました」

秋山は夕餉のあとの茶菓の場で太田道灌の、あの話を内儀と娘に聞かせていた。その山吹を娘が造花に仕上げた。

「七重八重を秋山さんから聞かされて間もないときでしたゆえ、替え歌ではと思った次第です」

聞き終えたあと、今度は秀弥が替え歌の子細を喜八郎に聞かせた。

「安次郎殿の代わりにと断ったうえで、宮司は父の思いを上の句の替え歌に託してくださいました」

喜八郎を見詰める秀弥の目を、五十匁ロウソクが照らしている。瞳の潤みは向かい側の喜八郎にも定かに見て取れた。

喜八郎はいま一度背筋を伸ばして、ぬる燗を手酌で満たした。そして一気にあおり、口を清めた。

「元歌の下の句がなにを詠んでいるのか、わたしは覚えています」

秀弥を見詰めて、これを口にした。

秀弥は膝に両手を載せたまま、身じろぎもせず、あの潤んだ目で喜八郎を見詰めていた。

そしてあとに続く言葉を待っていた。

「あなたへの気遣いをおろかにも形にせぬまま、ここまでときを浪費してきました」

喜八郎も両手を膝に載せていた。秀弥とは異なり、手は固いこぶしに握られていた。

「わたしが見ているのはあなただけです」

言葉を区切った喜八郎は、思慕に満ちた光を放ちながら秀弥を見ていた。

離れは静まり返っている。気の早い秋のコオロギが、突如鳴き始めた。

喜八郎が続きの口を開いた。

「百人一首ですら深きたしなみのない浅学《せんがく》なわたしに、秋山さんを通じて七重八重の手ほどきを下されたのは、安次郎さんの御心です」

言い切ったあと、喜八郎はさらに続けた。

「安次郎さん、宮司ご両人が、あなたに注がれる強き想いを」

秀弥を見詰めて続けた。

「しかと受け止めさせていただきました」

喜八郎は深い息継ぎをして、肝となる言葉を口にした。

「わたしに成就の誉《ほま》れ、大役を果たす務めの折りを授けてください」

ひとこととも口にはせずとも、下の句の替え歌を喜八郎は読み解いていた。

秀弥も喜八郎を、しかと受け止めた。

「なんと果報者であるかと、両親ともに喜んでいる声が聞こえます」

秀弥の両目から潤いの粒が落ちた。それを拭おうともせず、秀弥は続けた。

「父は伏見稲荷大社ふもとのお産場稲荷への参詣を強く願っておりました」

喜八郎は身じろぎもせず、背筋を張ったままで聞き入っていた。

「わたしが跡継ぎを授かって、お産場稲荷に祈願成就の御礼言上をすることを願っていたのだと思います」

喜八郎は無言ながら、静かにうなずいた。

「近々、京大坂に、ご一緒くださりますか」

「いつにても」

短く、きっぱりと答えた。

「勝手なお願いばかりを申しますが、秋分までは江戸を離れられません」

大きな宴席が続いていることに加えて、彼岸の墓参で両親に吉報を報告したいと理由を明かした。

「わたしも彼岸の墓参で、両親に報《しら》せます」

答えた喜八郎は、なんと笑顔であとを続けた。

「揺れる船旅でも、終日ともにいられますね」

「いまから楽しみです」

短い言葉の縁から、秀弥の慶びが溢れ出していた。

五

七夕翌日の四ツ（午前十時）過ぎ。

喜八郎は嘉介に昨夜のあらましを聞かせた。嘉介は内から湧きあがる喜びを押し隠して、仕舞いまで黙って聞き入った。

「そんな次第ゆえ、近々、京大坂への旅に出ることになります」

留守中の損料屋差配のすべて、嘉介に委ねると告げた。

「あなたがいてくれるからこそ、案ずることなく旅に出られる」

それはすずよに江戸屋を預けられる、秀弥も同じことだと口にした。

「なにとぞ、よろしくのほど」

喜八郎が話し終えたところで、嘉介は昨日の乙姫の見立てを、ここで初めて話し始めた。

「秋分から霜降の間であれば、上方への旅は、おふたりには一番の恵方だそうです」

これを聞いた喜八郎は、いぶかしげな表情になった。

「なぜ乙姫殿は、上方が恵方だと見立てられたのだろうか」

喜八郎は嘉介の目を見詰めて問うた。

「あなたが京大坂を口にされるはずもないが」

喜八郎すら、秀弥に言われて「いつにても」と承知したのだ。喜八郎当人が考えてもいなかったことを、嘉介が乙姫に口にできるはずもなかった。

「すべては乙姫さんの占卜による見立てです」

いまさらながら、嘉介は乙姫の見立てに心底の驚きを感じていた。

「このたびのことすべて、人智を超えた大きな力が働いていると思わざるを得ない」

見えざる神の御業《みわざ》に畏敬の念を抱きつつ、大島稲荷神社の宮司の短冊、そこに託された安次郎の願い、そして七重八重の替え歌と判じ、下の句にまで思案が至ったことなど、細部までを嘉介に聞かせた。

「秋山さんのお嬢が山吹の造花を仕上げてくれたがこそ、和歌に素養なきわたしが、七重八重の一首を知ることができた」

嘉介を見る目に、喜八郎はまた力を込めた。

「あなたが乙姫殿に見立てのお願いに出向いてくれたことを、わたしは生涯の恩義として受け止めました」

嘉介を見つめて、先を続けた。

「そのうえで、まぎれもなく見えざる御業を賜ったと深く感じています」

秋分から霜降までの間の旅との見立て、かならず従いますと嘉介に約束した。

「今日が非番であることは、先夜の折りにうかがっています」

急ぎ秋山家を訪れて、今回の成り行きを話してくると嘉介に告げた。

「さぞ秋山さんもお喜びのことでしょう」

急ぎ紋服に着替えた喜八郎を、嘉介は蓬莱橋脇の船宿で送った。

＊

「この山吹が……」

感慨深げに秋山は、あの造花を手に持ってつぶやいた。

「子細はすべてこれからの段取りとなりますが、お願いの儀がございます」

口調をあらためて、喜八郎は秋山を見た。

「わしにできることなら、遠慮は無用だ」

その言を受けて、喜八郎は願いを口にした。

「祝言の仲人を、なにとぞ秋山さんご夫妻でお引き受けください」

うむっ……と唸っただけで、秋山から言葉が出なくなった。

北町奉行所与力とて、組屋敷は広くはない。紋服姿で訪れた喜八郎を迎えたときから、妻女手《て》結《い》はなにごとかと気になっていたようだ。

喜八郎の秋山に対する想いがこもった頼みの声はふすまを突き抜けて、部屋の外に控えた手結にも聞こえていた。

言葉が出なくなった秋山を支えるべく、手結は急ぎ茶をいれ直してふすまを開いた。そして先に喜八郎に湯呑みを供した。

あの能吏である秋山が、入ってきた手結に助け船を求めるような目を向けた。

秋山にも湯呑みを置いたあと、手結は喜八郎に心底の笑顔を向けた。

「無作法を承知で、ふすまの外でうかがっておりました」

これを聞いて、秋山が口を開いた。

「ならば手結、喜八郎から仲人を頼まれた一件も承知しておるだろう」

「はい」

静かに答えて、先を続けた。

「いつもあなたが申されておいでの通り、息《そく》も同様の喜八郎さんの祝言です」

手結に見詰められた秋山は、その目からわが目を逸らさず、聞き入っていた。

「早く秀弥さんとの形を調えなければと、ときには限りがあるとまで言われたのですよ」

手結にしてはめずらしく、秋山に言葉で攻め入っていた。

秋山の真のこころを妻女から聞かされて、喜八郎の表情は嬉しいがこそ、引き締まっていた。

黙したままの秋山に代わり、手結が続けた。

「お受けできれば、だれよりもあなたが嬉しいでしょうに」

図星だったが、秋山は異を唱えた。

「格式高き江戸屋女将の祝言に、陰では不浄役人とまで誹《そし》られている同輩もおる身だ」

祝言に疵《きず》がつきかねんと、真顔で口にした。

「あなたのそのような言葉を聞きましたら」

手結は秋山の膝元に置かれていた、山吹の造花を手に取った。

「これを拵《こしら》えた広乃《ひろの》も、深く哀しみます。あなたの与力としての清き生き方こそ、広乃には大きな誇りなのですから」

諫《いさ》めたあと、手結は喜八郎を見た。

「秀弥さんとは、もう話し合われたのですか」

「ぜひにと、心底願っております」

今日は先約ありで同行できなかったが、日をあらためて出向いて参りますと言い添えた。

答えたあと喜八郎は再度、秋山に向かって仲人をぜひにもと頼んだ。

手結も同席しているのだ。もはや秋山に迷いはないのだろう。

「謹《つつし》んで手結ともども、貴君と秀弥殿のめでたき場に、同席させていただきたい」

頼みに参上した喜八郎に、秋山夫妻がこうべを垂れた。衷心からの祝いの気持ちに包まれた、滋味深き所作だった。

＊

八丁堀桟橋で待っていた猪牙舟《ちょきぶね》の船頭は、柳橋を目指して櫓《ろ》を軋《きし》ませていた。

正面からの川風を浴びながら、喜八郎はあらためて、ひとがこころに抱いている思いに、おのれがいかに鈍感であったかを深く思い知った。

同心を辞したことを始めとして、喜八郎は真っ直ぐに生きてきたとの自負があった。

難儀に直面しているひとの手助けも、幾度できたか、数えることもしなかった。

伊勢屋四郎左衛門とは、いまでこそ肝胆相照《かんたんあいて》らす仲だ。それがあかしに、いまは秀弥との祝言報告に向かっていた。

したたかで財力に富んだ四郎左衛門と、いまの付き合いができているのも、そのひとつはおのれの生き方に恥じるところはないとの、強い自負があったからだ。

米屋政八の後見人を務めていられるのも、難儀を処理するときの尺度を、儲けではなく信用こそ大事と考えてきたからだ。

昨夜、宮司が書かれた短冊を示された。

そして安次郎がなにを願っているのか、秀弥がなにを本分として生きているのかを、真正面から突きつけられた。

察した刹那、喜八郎は身体の芯から震えを感じた。

おのれが抱いていた生き方への自負が、責任を負わぬ者の、身勝手な思い上がりだと思い知った。

江戸屋の跡継ぎを授かる責めを負いながら、秀弥は今日まで一度もそれを口にしたことはなかった。

おのれの身勝手な思い上がりを知るなり、嘉介、秋山夫妻がそれぞれ、深いところで喜八郎を案じてくれていたのを感じ入った。

秀弥の行く末までをも心配してくれていたと分かった。

秀弥が大事だと思いながら、その実、秀弥が負っている大きな責めには思い至らずで、昨夜までのときを食い潰していた。

いま猪牙舟は柳橋に向かっている。陸に上がるなり、米屋政八と伊勢屋四郎左衛門の元へ、祝言の報告に向かう。

あの方々も、秀弥とのことを調えずにきたわたしに、いかほど焦れて……

考えると、際限なしにおのれを責めることになった。が、そこから気を逸らさず、喜八郎はおのれを責め続けた。

正面に柳橋が見えてきたとき。

両手で頬を挟んだら、パシッと音が立った。その音が喜八郎に気合いをいれていた。

＊

「そうか。やっと気づいたか」

政八はキセルの太い雁首を、灰吹きに叩きつけた。

この日まで政八は、喜八郎にへこまされ続けてきた。身の内に溜まっていたうっぷんのすべてを、灰吹きに叩きつけたかのような音がした。

「祝言の日取りが定まりましたのちは、秀弥さんと連れ立って、いま一度、うかがいます」

政八を見詰めたまま、こう口にした。

「いや、わしから江戸屋に出向こう」

祝儀代わりに奉公人を引き連れて、江戸屋に出向く。

「十五人の部屋を用意してもらい、宴席で女将からあいさつを受けるという趣向はどうだ」

思いついた思案に、政八はご機嫌である。

「ありがたいお申し出をいただきました」

喜八郎は一切の反対を口にしなかった。

いままでの喜八郎なら、聞くなり政八の言い分の穴を指摘しようとしただろう。

いまは政八が正味で祝ってくれようとしていると、素直に受け止められた。

「ありがとうございます」

背筋を伸ばして、まず礼を口にした。

「後々の都合もありますので、なにとぞ秋分までにお出ましください」

政八への感謝の思いが滲み出ていた。

「おまえにそんな口がきけるとは……」

感心しきりの政八に、こうべを垂れて喜八郎は礼を言っていた。

＊

「今年に入ってからの、一番に嬉しい話を聞かせてもらった」

言うなり四郎左衛門は、銀ギセルにお気に入りの「伊勢屋ほまれ」を詰め始めた。

両国橋西詰の煙草屋に誂えさせている、四郎左衛門自慢の品だ。

元となるのは薩摩・国分《こくぶ》の「桜島」である。その刻み煙草に黒糖を溶かした焼酎を、たっぷりと振りかける。

そのあと、樫樽《かしだる》のなかで半月寝かせて仕上げたのが「伊勢屋ほまれ」だった。

一服を吹かすと、甘い煙が立ち上った。

「煙草をやらないわたしでも、この煙には気をそそられます」

世辞ではないのは、四郎左衛門にも伝わったようだ。

「秀弥さんの親仁殿が、もしも煙草を好んでおられたなら」

一緒に上方まで船旅をした娘も、きっと煙草の香りには想いがあるだろう……

こう言った四郎左衛門は、キセルと煙草を詰めた桐の箱を運んできた。そして太い雁首の銀ギセル一本と、伊勢屋ほまれ三袋を取り出した。

「長い道中になる」

煙草を吹かすことで、船旅やら旅先やらで、見知らぬ相手と親しく話のできることもあるだろう、と続けた。

「わしからの餞別はこの煙草道具と、大坂までの船の手配りだ」

江戸と大坂を結ぶ五百石弁財船《べざいせん》の廻漕問屋には、四郎左衛門は顔が利いた。

「旅立ちの日が定まったら、船のことは任せてくれ」

四郎左衛門は、安次郎のことまで心にとめてくれていた。

「よろしくお願いします」

四郎左衛門の申し出を、遠慮せずに受け入れた。

期日は未定だが、京大坂の旅支度が動き出していた。

六

嘉介の顔つなぎで喜八郎と秀弥が乙姫を訪れたのは、七夕から五日後、七月十二日の四ツだった。

期日・刻限とも、乙姫の指示に従った。

「旅立ちの吉日を知りたいのですね」

喜八郎が口を開くより先に、乙姫はふたりの用向きを言い当てた。

「忙しいおふたりでしょうから」

雑談など一切せず、乙姫は直ちに吉日の見立てを始めた。

乙姫は香を焚くでもなければ、太い数珠をじゃらじゃらと鳴らすでもなかった。

神棚の真下で分厚い暦を開き、無言で目を閉じて瞑想に入った。

「見立てをいただくまで、長いときは四半刻もかかることがあります」

あらかじめ嘉介から告げられていた喜八郎と秀弥である。

神棚の下で背筋を伸ばしたままの乙姫の後ろ姿を、三人とも息を詰めて見詰めていた。

見立てには四半刻もかかると言われていたが、そのときの乙姫は驚くほど早く、暦を閉じて振り返った。

そして神棚の下から動かず、見立てを口にし始めた。

「船旅の手配りは、そなたがするのではないとのお告げを得ましたが、それでよろしいか」

乙姫は喜八郎に目を合わせてこれを言った。

「その通りです」

答えた喜八郎の声には、乙姫の言うことを信じている響きがあった。

「旅立ちの吉日は八月十九日、二十三日のふたつです」

ここで乙姫は立ち上がり、喜八郎たちの前に戻ってきて見立てを続けた。

「船の手配りが八月十九日、二十三日のいずれかとなったときには」

乙姫は言葉を区切り、喜八郎を見た。

「八月十九日となされよ」

見立ての結びは、男の野太い声に聞こえた。

乙姫の宿を出たあと、喜八郎と秀弥は屋根船を仕立てて柳橋に向かった。この日に伊勢屋四郎左衛門を訪れることは、与一朗を差し向けて都合を確かめていた。

伊勢屋にふたりが行き着いたのは、九ツ半（午後一時）を過ぎていた。昼餉の済んだ頃合いを見計らってのことだった。

ふたりはすぐさま客間に通された。

「この佳《よ》き報せをもらえる日を、長らく待っておりましたぞ」

なんと、あの四郎左衛門が、笑顔で秀弥に話しかけた。

「嬉しいお言葉を頂戴いたしました」

今日の秀弥は江戸屋の女将ではなく、喜八郎の妻女としての所作を示していた。

ひと通りのやり取りのあと、四郎左衛門は喜八郎に問いかけた。

「あんたが八月十九日の船旅を望むだろうと、易断師から聞かされたがゆえに」

喜八郎も秀弥も、大きく表情を動かした。そんなふたりを見る四郎左衛門は、ガキ大将もかくやのしたり顔となっていた。

「八月十九日に品川沖を出て九月一日に大坂到着の五百石船を手配りしておいた」

まだ驚き顔のままでいた秀弥に、四郎左衛門はあとを続けた。

「大坂で一泊したあと、二日夕刻七ツに淀屋橋から伏見に向かう三十石船もあわせて手配りさせてもらいました」

相手に対して、伊勢屋が「もらいました」と、ていねいに言うのを、喜八郎は初めて耳にした。

「秀弥さんたちへの餞別、どうか受け取ってくだされ」

「ありがたく頂戴させていただきます」

秀弥は三つ指をついて礼を言った。

喜八郎も言葉を重ねて、こうべを垂れた。

＊

五百石の大型弁財船は、予定通りの期日に出帆。大坂到着もまた、期日通りだった。

四郎左衛門が手配りしていた大坂の旅籠《はたご》は、三十石船の船着き場からわずか二町（約二百二十メートル）の地の利の良さだった。

「明日の三十石船は、天気がどうでも七ツにはきっちり桟橋から出ますよって」

四郎左衛門の手配りは並ではなかった。

旅籠ではあるじが宿帳を持って部屋まで出張ってきた。

二階の六畳間は淀川に面していた。

ひっきりなしに行き来する船とはしけを、手すりによりかかった秀弥が見下ろしていた。

夕陽は正面の低いところに移っている。陽を浴びた秀弥の洗い髪が、艶々と光っていた。

旅立ち前、秀弥は喜八郎に告げていた。

「伏見までは船旅が続きます」

かつて安次郎の伏見稲荷大社への参詣に同行した玉枝は、安次郎から言われて髷を結わずに旅を続けた。

船中での髪結いは、年端のいかない娘でも難儀だった。

ましてやいまの秀弥には、髪結い職人の手助けが欠かせなかった。

「髪結いは伏見稲荷大社参詣当日の朝、旅籠にてお願いするつもりです」

ひと息を継いで、さらに続けた。

「その日までは洗い髪の後ろを束ねて、笠をかぶって旅を続けます」

秀弥の言い分は当然と、喜八郎は承知した。そんな洗い髪の秀弥が夕陽を浴びて、淀川を見下ろしている。

喜八郎が秀弥に、つい見とれるのも無理はなかった。

洗い髪は、女人を歳よりも幼く見えさせた。

加えて知った顔のいない旅先である。ひとの目を気にすることもなかった。

江戸屋女将の装束を脱いで、行き交う三十石船を見下ろしていられるのだ。

あたかも安次郎と旅ができた当時の、玉枝の如しである。

息遣いを潜めた喜八郎は、手すりに寄りかかった玉枝に見惚れていた。

*

旅籠の二階から秀弥とともに見下ろしたことで、喜八郎も三十石船の様子は、すでに見知っていた。

全長五十六尺（約十七メートル）で、幅八尺三寸（約二・五メートル）。川舟とも思えない大型船である。

しかも天井が舳先《へさき》から艫《とも》まで造作されており、雨よけにもなった。

この船の客定員は二十八人。春の花見、秋の紅葉などで混み合う季節には、三十人まで乗せるという。

船頭は四人だ。最大で四丁櫓を使うことは、公儀の許しを得ていた。

そんな下知識を持って乗船した喜八郎だったが、船出からさほど間をおかず、驚き顔を拵えた。

淀川はさほど深くはない。櫓は備わっていたが、船頭たちは棹で大型船を操っていた。

しかし大坂から伏見への上り船には、川の流れは逆潮である。四人の船頭が息を合わせて棹を差しても、船足は止まりとなった。

船はいきなり岸へと、舳先の向きを変えた。乗っていたほぼ満員の船客たちが、手を叩いて囃し始めた。

なにが起きようとしているのか、知らぬは喜八郎と秀弥だけらしい。ところが秀弥は格別に驚いている様子ではなかった。

すでに三十石船に乗っていたからだ。しかし秀弥はなにも喜八郎には話していなかった。

船頭四人の棹で、船はぐいっと岸辺に寄った。

大型船が砂地に乗り上げるかと見えたとき。

「おううっ」

威勢のいい声を発して、舳先から六人が砂地に飛び降りた。そして舳先・真ん中・艫の三箇所の船端に、太い麻綱を結わえ付けた。長さたっぷりの麻綱は、見た目にも重そうだ。

六人のうち、舳先のふたりが「ええでえ」と大声を発した。

船頭四人の棹が、息を合わせて川底に突き立てられた。その力で船は岸から離れた。

綱がピンッと張るなり、岸にいた六人が一斉に船を引き始めた。

なんと人足が引く綱で、三十石船を流れに逆らい、前進させ始めたのだ。

「どこまで引くつもりなのだろうか」

思わず喜八郎は疑問を漏らした。

「あんさんがた、江戸のおひとでんな」

客のひとりが喜八郎に話しかけてきた。

「うちのお客はんに、あんさんとおんなじ江戸弁のひとがおりまんねん」

男は問われもしないのに、綱引き人足がどこまで引くのか説明を始めた。

「この先十一里（約四十四キロ）のほとんど全部を、あの六人が引っ張りまんねん」

喜八郎の驚き顔を見て、男はさらに声の調子を高くした。

「伏見から帰りの下り船は、ひとり七十六文やが、上り船は百文高い百七十六文でっせ」

男は喜八郎に顔を近づけた。

「そんな顔せんかて、あんさんものる前に切符をこうてますやろが」

「いや……すべて手配りをいただいたもので」

喜八郎はきまりわるげに答えた。

安次郎と一緒に乗っていたときの玉枝も、船賃のことは知らなかった。

喜八郎と秀弥を舐めるように見たあとで。

「ええ旅を楽しみなはれ」

これを言って喜八郎から離れた。

岸辺からは人足が発する綱引きの気合い声が、途切れることなく流れてきていた。

＊

九月三日朝の伏見到着後、ふたりは小舟に乗り換えて投宿先の寺田屋へと向かった。

この宿は安次郎との旅でも投宿していた。

寺田屋の手配りは秀弥が行っていた。

「おはやいお着き、お疲れはんどす」

仲居は髪結いを手配りしていた。

三十石船で大坂から伏見稲荷参詣に来る客には、寺田屋は手慣れていた。

「お湯のお支度もできてますよって」

入浴後、秀弥は存分に髪結いの手で仕上げてもらった。

喜八郎も秀弥のあと、ひげ剃りと月代《さかやき》の仕上げを頼んだ。

伏見稲荷大社参詣には、ふたりとも股引《ももひき》半纏の身なりとなった。稲荷山を経験している秀弥の勧めに従ったのだ。

大小の鳥居が山道にかぶさっている千本鳥居。喜八郎は初だったが、秀弥はすでにくぐっていた。

が、ひとことも言い及ばず、初参りとなる喜八郎とともに驚きと喜びとを感じていた。

山の頂まで参詣したあと、帰りは分かれ道からお産場稲荷へと向かった。

境内の石垣には幾つも小さな穴が開いていた。おなかに子をはらんだ母キツネが、身体をやすめていたと言われる穴だ。この穴に手を差し入れて、安産祈願や授かり祈願をなすのだと、秀弥は聞かされていた。

それがいま、かなったのだ。

「手を重ねてくださいまし」

差し入れた秀弥の手に、喜八郎の大きな手のひらが重なった。

秀弥を守りつつ、慈しんでもいた。

＊

寺田屋の夕餉には、伏見の酒蔵から仕入れた酒粕の粕汁が供された。

晩酌にも同じ酒蔵の酒が用意されていた。

喜八郎は粕汁は賞味したが、晩酌は控えた。

「伏見の銘酒は、明日の朝餉で楽しみます」

喜八郎が口にしたことの意味を、秀弥はしっかりと受け止めていた。

「明日の朝酒、存分にいただきましょう」

お産場稲荷に祈願をした夜である。

今夜は、酒は無用だった。

寝間には先に秀弥が入った。そして枕元の行灯《あんどん》の明かりを摘まんで消した。

床に入った秀弥は、右手に左手を重ねた。お産場稲荷の穴で重ねられた、喜八郎の手のぬくもりを、左の手のひらで感じ取っていた。

喜びの吐息を漏らしたとき、寝間のふすまが音も立てずに開かれていた。

初出誌「オール讀物」

起請文　二〇二一年二月号
冷夏のいもがゆ　二〇二一年五月号
正月の甲羅干し　二〇二一年八月号
初午参り　二〇二二年一月号
さくら湯桜餅　二〇二二年三・四月号
梅雨のあおやぎ　二〇二二年六月号
固結び　二〇二二年十一月号

山本一力（やまもと・いちりき）

一九四八年、高知県生まれ。九七年「蒼龍」でオール讀物新人賞を受賞。二〇〇二年『あかね空』で直木賞を受賞。主な小説に「損料屋喜八郎始末控え」シリーズ、「ジョン・マン」シリーズ、『クリ粥　深川駕籠』『湯どうふ牡丹雪　長兵衛天眼帳』など。『旅の作法、人生の極意』などエッセイも多数。一五年、その功績により長谷川伸賞を受賞。

固結《かたむす》び　損料屋《そんりょうや》喜八郎《きはちろう》始末《しまつ》控《ひか》え

二〇二三年一月三十日　第一刷発行

著　者　山本一力《やまもといちりき》
発行者　花田朋子
発行所　株式会社 文藝春秋
〒一〇二―八〇〇八
東京都千代田区紀尾井町三―二三
電話　〇三―三二六五―一二一一
印刷所　凸版印刷
製本所　大口製本
組　版　萩原印刷

ISBN978-4-16-391648-4